기도시집

일러두기

1. 이 번역의 원본은 독일 인젤 출판사(Insel Verlag)의 릴케 전집, Rainer Maria Rilke, Werke, Kommentierte Ausgabe in vier Bänden, Band 1, Gedichte 1895 bis 1910, hrsg. v. Manfred Engel und Ulrich Fülleborn, Frankfurt/M. und Leipzig 1996이다.

2. 각주는 여러 자료를 참고하여 옮긴이가 작성했다.

3. 본문 가운데 이태릭체와 볼트체 부분은 원본의 표기를 그대로 따랐다.

기도시집
Das Stunden-Buch

―루의 두 손에 바침―

차례

제1권

수도자의 삶의 책
Das Buch vom mönchischen Leben
(1899)

릴케. 조각가이자 아내 클라라 릴케-베스트호프 작(1905)

여기 시간은 기울고, 맑은
금속성의 울림이 나[1]의 마음을 울립니다. 하여
나의 감각들이 전율합니다. 나는 느낍니다, 내가 할 수 있음을 —
또한 나는 조형할 수 있는 날을 마음에 품습니다.[2]

내가 알아차리기 전에 완성된 것은 아무것도 없었고,
모든 생성은 멈추어 섰습니다.
나의 눈길은 무르익어, 매 눈길마다
그것이 원하는 사물이 신부처럼 다가옵니다.

아무것도 나에게 너무 작은 것 없고, 그렇더라도 나는 그것을 사랑합니다.
또한 나는 그것을 바탕 위에 크게 그려
높이 치켜듭니다, 그렇지만 나는 그것이
누구의 영혼을 풀어줄지 알지 못합니다 …[3]

나는 사물들 위로 나아가고 있는,
커지는 동그라미 안에서 나의 삶을 살고 있습니다.
나는 마지막 동그라미[4]를 어쩌면 완성하지 못할지도 모릅니다,
그러나 나는 그것을 시도하려 합니다.

---

1) 『기도시집』의 주체, 즉 시적 자아는 러시아 동방정교회의 수도자이며, 성상화 화가이자 시인이다.
2) 성상화를 그리기 위해서 붓을 잡을 생각을 한다는 의미.
3) 서시(序詩)는 『기도시집』 전체를 관통하는 세계창조의 당당한 주체성과 세계를 향한 겸손한 경건성의 변증법을 노래한다.
4) "커지는 동그라미"는 "맴돌다"는 표상과 합치된다. 그리고 연륜이 의미 되는 한 천문학적 순환인 계절의 순환과도
   어울린다. 나아가 범우주적인 반복과 같은 법칙성과 어떤 의미 있는 행위를 요구하는 성숙과정을 연상시킨다.

나는 신의 주위를 맴돕니다, 그 태고의 탑을,
그리고 나는 수천 년을 돌고 또 돌렵니다.
그리고 나는 아직 알지 못합니다. 내가 한 마리의 매인지, 하나의 폭풍인지,
또는 하나의 위대한 노래인지를.

나에게는 여러 수도원에 월계수가 서 있는
남쪽 나라에 수도자 복장을 한 여러 형제가 있습니다.
나는 그들이 얼마나 인간적으로 마돈나를 구상하고 있는지 알고 있습니다.
그리고 젊은 티찌아노[5]들을 자주 꿈에 봅니다,
이들을 통해서 신은 격정에 빠집니다.[6]

 그렇지만 내 자신 안으로도 몸을 숙이는 것을 나는 알고 있습니다.
나의 신은 비밀스럽고, 말없이 수분을 빨아들이고 있는
수많은 뿌리의 얽힘과 같습니다.
다만, 내가 그의 따뜻함에서 활기를 얻는다는 것
그것 외에 나는 아는 것이 없습니다, 나의 가지들 모두
저 아래 깊이 쉬다가 바람결에 손짓을 할 뿐이기에.

---

5) 이탈리아의 화가(1477—1576).
6) 수도자의 러시아적인 미술과 남부 이탈리아 르네상스 미술 사이의 대비를 의미한다.

우리는 당신을 제멋대로 그려서는 안됩니다,[7]
아침에 솟아올랐던 거기 여명이신 당신이여.
우리는 오래된 물감의 접시에서
성자가 당신을 숨겨 그렸던
똑같은 선과 똑같은 광선을 가져옵니다.

우리는 벽(壁)들처럼 당신의 앞에 그림들을 쌓아 올립니다,[8]
그리하여 이미 수천의 담이 당신을 에워싸고 서 있습니다.
우리의 가슴이 열려 있는 당신을 볼 때마다,
우리의 경건한 손들이 당신을 덮어 감추기 때문입니다.

나는 나의 존재의 어둠[9]의 시간을 사랑합니다,
그 시간에 나의 감각이 깊어지기 때문입니다.
그 시간에 나는 옛 편지들에서처럼,
내가 나날의 삶을 살아내었음을 발견하고
전설처럼 멀리 이겨내었음을 알아차릴 것입니다.

그 시간으로부터 나는 시간을 넘어선[10] 두 번째의
드넓은 삶을 위한 공간이 나에게 있다는 것을 알게 됩니다.

7) 러시아 성상화 그리기의 규칙을 미화하고자 함.
8) 여기서 묘사하고 있는 장면의 실제적 바탕은 성단장식용 벽으로, 제단 앞에 세워진 성상화가 걸려 있는 3개의 문으로 된 가림벽이다. 이 성단장식용 벽이 평신도의 공간과 제단을 가른다.
9) 여기서 "어둠"(Dunkel), "어두운"(dunkel)은 노자(老子)의 『도덕경』 51장 현덕(玄德)에서의 현(玄)처럼 '신비롭고 그 윽한'(오감남 역)의 뜻으로 읽힌다. 이 시집에서 "어둠"과 "어두운"은 일관해서 이러한 의미를 가진다.
10) 시간—영원의 대립을 넘어선. 릴케는 영원에 대칭하는 시간(Zeit)으로써 현재, 현시대를 의미한다.

그리고 가끔 나는 나무와도 같습니다,
숙성해 바람결에 소리 내며,
어떤 묘지 위에서 죽어간 소년이
(그의 주변으로 그의 따뜻한 뿌리들이 빼곡히 얽혀듭니다.)
슬픔과 노래 가운데 잃어버린 그 꿈을 이루어주는 나무.

그대, 이웃이신 신이시여, 길고 긴 밤에 내가 때때로
세차게 문을 두드려 당신을 깨울 때, ―
그렇습니다, 내가 당신이 거의 숨을 쉬지 않는 것을 듣고
당신이 홀로 넓은 홀에 계신다는 것을 알기 때문입니다.
그리고 당신이 무엇인가를 필요로 할 때, 당신의
더듬는 손길에 물 한 모금 건네는 사람이 없습니다.
나는 항상 귀를 기울이고 있습니다. 작은 신호라도 보내 주십시오.
나는 아주 가까이 있습니다.

우리 사이에는 다만 얇은 벽이 하나 있을 뿐입니다,
그것도 우연히. 그것은 아마도 당신의
또는 나의 입에서 나온 한마디 외침일 수도 있기 때문입니다.
그리고 그 벽은 소란도 소리도 없이
무너져 내립니다.

그 벽은 당신의 그림들로 세워져 있습니다.

그리고 당신의 그림들은 이름처럼 당신 앞에 서 있습니다.

그리고 일단 내 마음에 빛이 불타오르고,

그 빛으로 나의 깊은 마음이 그대를 알아보면,

그 빛은 당신의 액자 위에 비치는 광채로 소진됩니다.

그리고 빠르게 마비되는 나의 감각들은,

고향도 없이 당신과 헤어졌습니다.

단 한 번만이라도 그처럼 완전히 고요하다면,

우발적인 것과 우연한 것이

그리고 이웃집의 큰 웃음이 잠잠해진다면,

나의 감각이 만들어내는 소음이

내가 깨어 있는 것을 그렇게 심하게 방해하지 않는다면 — .

그때는 수천 번의 사념 가운데, 나는

당신의 가장자리에 이르기까지 당신을 생각할 수 있고

그리고 (미소를 짓는 순간만이라도) 당신을 소유할 수 있을 것입니다,

그리하여 하나의 감사의 표지 삼아

당신을 모든 생명에게 선사할 수 있을 것입니다.[11]

---

11) 릴케의 중심 사상이다. "소유는 가난이며 불안입니다. 매료된다는 것만이 근심 없는 소유입니다."(1895년 3월 9일, H. Woronin에게 보낸 편지)

나는 세기(世紀)가 지나가는 그곳에 지금 살고 있습니다.
사람들은 신과 당신과 내가 써넣은
그리고 낯선 손에 들려 높이 오르는
커다란 종이 한 장에서 바람을 느낍니다.

사람들은 그 위에서 아직 모든 것이 이루어질 수 있는,
새로운 페이지의 광채를 느낍니다.

잔잔한 힘들이 저들의 넓이를 음미하고
서로를 어둡게 응시합니다.

나는 그것을 당신의 말씀에서,
당신의 두 손이 형성을 위해서,
경계를 그으며 따뜻하고도 현명하게
마무리 지었던 몸짓의 역사에서 읽습니다.
당신은 살라라고 크게, 죽으라고 낮게 말씀하셨습니다.
그리고 항상 반복해서 말씀하셨습니다, 존재라고.[12]
그러나 첫 번째의 죽음에 앞서 살해가 있었습니다.[13]
그때 당신의 무르익은 순환에 금이 갔습니다.
그리고 한마디 외침이
당신을 말하고자, 비로소 모였던

---

12) 삶과 죽음의 일치는 릴케의 세계관에서 중심을 이루는 사상이다.
13) 주 14) 참조.

목소리들을
당신을 건네고자 하는,
모든 심연의 다리를
쓸어가 버렸습니다 —

 그리고 그 목소리들이 중얼거렸던 것은
당신의 오래된 이름의
파편들입니다.

창백한 소년 아벨이 말한다.[14]

나는 없습니다. 형이 나에게
내 눈이 보지 못했던 짓을 행했습니다,
그는 나에게 빛을 덮어 감추었습니다.
그는 나의 얼굴을 그의 얼굴로
밀어냈습니다.
그는 지금 혼자입니다.
나는 그가 여전히 살아 있음이 틀림없다고 생각합니다.
누구도 그가 내게 한 것과 같이 그에게 하지 않을 테니까요.[15]
모든 이들이 나의 길을 걸었으며,

---

14) 릴케는 1899년 9월 22일 다음과 같은 메모에 이어 이 구절을 썼다. "수도자가 폭풍이 부는 어느 저녁에 성경을 읽
다. 모든 죽음에 앞서 아벨의 살해가 있었음을 알게 되었다. 그는 마음 한가운데 깊이 놀랐다. 그리고 수도자는 몹
시 두려워 밖으로 나와 숲속으로 들어가 모든 빛과 향기를, 그리고 그의 사고의 얽힌 말보다 훨씬 맑게 노래하는
숲의 경건한 속삭임을 들어오게 했다. 그리고 그는 오래지 않은 밤에 이러한 꿈을 꾸었다. 그 밤에 대해서 그는 시
구를 생각해냈다."
15) 성서에서 카인은 하느님에 의해서 찍힌 표징(Kainsmal)으로 보호받는다. 그러나 릴케는 이 신화를 수정하여 카인
을 어둠 속으로의 피신이 영원히 거부된, 살인자의 원형으로 보고 있다.

모든 이들이 그의 분노 앞에 서게 될 것이며
모든 이들이 그로 인해서 파멸할 것입니다.

나는 나의 위대한 형이 마치 심판처럼
깨어 있다고 생각합니다.
밤은 나를 생각했을 뿐
그를 생각하지는 않았습니다.

내가 태어난, 그대 어두움이여,
나는 불꽃보다도 당신을 더 많이 사랑합니다.
불꽃은 어떤 영역을 위해서,
빛을 발하는 가운데
세계의 경계를 정하지만,
그 영역을 벗어나면 어떤 존재도 그 불꽃을 모릅니다.

그러나 어두움은 모든 것을 자신에 붙들고 있습니다.
형상체들과 불꽃을, 짐승들과 나를,
낚아채듯이
인간들과 권력들도 ─

그리고 어떤 위대한 힘이 내 곁에서
움직이는 일도 있을 수 있습니다.

나는 밤들을 믿습니다.

나는 아직 말해지지 않은 모든 것을 믿습니다.
나는 나의 가장 경건한 감정을 풀어 놓고자 합니다.
아직 아무도 감히 하고자 하지 않았던 것,
그것이 언젠가는 나에게 저절로 될 것입니다.

그것이 주제넘는 일이라면, 나의 신이시여, 용서해 주십시오.
그러나 그것으로 당신께 다만 말하고 싶은 것은
나의 최선의 힘은 마치 하나의 충동과 같아야만 한다는 것,
그리하여 분노도 없고 주저함도 없다는 것,
그리하여 어린아이들이 당신을 사랑한다는 것입니다.

팔을 활짝 펴고 넓은 바다로
이렇게 도도히 흘러, 이렇게 합쳐 듦으로써,
이러한 증대하는 재귀로써
지금까지의 누구보다 앞서
나는 당신을 증명하고, 당신을 선포하려 합니다.

그리고 이것이 오만이라면, 나의 기도를 보아서
나로 하여금 오만하도록 용서해 주십시오.
당신의 구름 덮인 이마 앞에서
이렇게 진지하게 그리고 외롭게 서 있는 기도를 보아서.

나는 이 세상에서 너무도 고독합니다, 그렇지만
매시간 축복을 내릴 만큼 고독하지는 않습니다.
나는 이 세상에서 너무도 보잘것없는 존재입니다, 그렇지만
당신 앞에 하나의 사물처럼 될 정도로 그렇게 작지는 않습니다,
어둡고 영리하게.
나는 나의 의지를 원하고[16] 나의 의지를 따르려 합니다,
행동을 향한 길에서.
그리고 고요하고, 무엇인가 머뭇거리는 시간에
무엇인가가 다가오면,
잘 아는 이들 가운데 있거나
아니면 홀로 있으려 합니다.

나는 항상 온전한 모습 그대로 당신을 비추고자 합니다,
그리고 나는 결코 눈이 멀거나 너무 늙지 않으렵니다.
당신의 무겁고 흔들리는 영상을 놓지 않기 위해서입니다.
나는 나를 내보이렵니다.
나는 어디에서도 굽힘을 당한 채 있지 않으렵니다,[17]
내가 굽혀진 거기가 내가 속임을 당한 곳이기 때문입니다.
그리고 나는 당신 앞에서 나의 감각이
진실되기를 원합니다. 나는 나를

---

16) 데카당스 극복에 대한 시대 특유의 구호. 니체 철학에 여러 번 이미 강조되어 등장한다. 니체의 『차라투스트라는
이렇게 말하다』, 제2부 「행복한 섬에서」, "의욕은 자유를 가져온다. 이것이야말로 의지와 자유에 대한 참다운 가르
침이다." "더 이상 의욕하지 않기, 더 이상 평가하지 않기, 그리고 더 이상 창조하지 않기! 아, 이 크나큰 피로가 나에
게 먼 곳에 머물라 하는구나." 참조.
17) "여전히 나에게는 내가 증오하는 많은 것들이 있다. 그러나 나는 이 낯선 것이 나와는 상관없는 우연한 것이라는
것을 이미 느끼고 있다. [⋯] 언젠가는 온전히 고유한 옷차림으로 걸어가는 일에 내가 이르게 될지 — 나는 모른다."
(1899년 11월 3일 일기) 참조.

내가 오랫동안 가까이
보았던 그림처럼 서술하기를 원합니다.
내가 붙들었던 어느 낱말처럼,
나의 일상의 단지처럼,
나의 어머니의 얼굴처럼,
극도로 치명적인 폭풍을 뚫고
나를 태워 준
어느 배처럼.

내가 많이 원하는 것을 당신은 압니다.
어쩌면 나는 모든 것을 원하는지도 모릅니다,
낱낱의 무한한 추락의 어두움
낱낱의 상승의 떨리며 반짝이는 유희를.[18]

많은 이들은 살면서 아무것도 원치 않습니다,
그리고 그들은 그들의 가벼운 심판의
원만한 감정으로 후작의 작위를 받았습니다.

 그러나 당신은 봉헌하며 목말라하는
낱낱의 얼굴을 반가워하십니다.

---

[18] "우리는 더 이상 추락과 비상을, 윗쪽으로나 아랫쪽으로를 구분하지 않는다는, 죽음과 우리가 변용된, 보다 더 당
당한 삶으로서 꿈꾸는 우리 영혼과 감각의 끝없는 상승과 기대 사이를 구분하지 않는다는 자유와 기개의 감정
[…] 그리고 심연의 고통스럽지만 복된 동경, 하부의 심층 중 심층으로부터, 죽음의 생각할 수도 없는 어두움으로
부터의 소명."(1899년 7월 27일, H. Woronin에게 보낸 편지) 참조.

당신은 마치 어떤 도구처럼 당신을 사용하는
모든 이들을 반가워하십니다.

아직 당신은 차갑지 않습니다, 그리고 삶이
침착하게 속을 드러내는 당신의 형성 중인 깊이로
잠기기에 너무 늦은 것도 아닙니다.

우리는 떨리는 손으로 당신을 짓고 있습니다
그리고 조금씩 조금씩 쌓아 올립니다.
그러나 누가 당신을 완성할 수 있겠습니까,
대성당이신 당신이여.

로마는 무엇입니까?
그것은 무너집니다.
세계는 무엇인가요?
그것은 파괴됩니다.
당신의 탑들이 지붕을 이기 전에,
수 마일의 모자이크에서
당신의 빛나는 이마가 솟아오르기 전에.

그러나 가끔은 꿈길에서
나는 당신의 공간을
내려다 볼 수 있습니다.

깊숙이 기초에서부터
지붕의 황금빛 당마루에 이르기까지를.

그리고 나는 나를 봅니다, 나의 감각이
마지막 장식들을
구상하고 짓는 것을.

언젠가 한 사람[19]이 당신을 원했었다는 사실에서
나는 우리가 당신을 원해도 된다는 것을 압니다.
우리가 모든 심오한 일들을 거부한다 할지라도.
하나의 산맥이 황금을 품고 있으며
아무도 그것을 캐내고 싶어 하지 않는다면,
언젠가는 암석들의 정적(靜寂)을 파고든
용해가 그것을 드러낼 것입니다,
넘치는 용해가.

우리가 원치 않더라도[20]
신은 성숙합니다.

자신의 삶의 많은 부조리를

---

19) 특정한 인물이 아니라 창조적인 위대한 "고독한 자" 중의 누구.
20) 앞의 시편들에서 강조한 의지에 대한 균형의 추(錘). 이러한 반전은 『기도시집』의 전형적인 균형 구조이다.

달래고 또한 감사하며 하나의 상징으로 삼는 자는
떠드는 자들을
궁정에서 내쫓고
다르게 축제를 벌이게 되면, 당신은 손님,
평화로운 저녁마다 그가 당신을 맞이합니다.

당신은 그의 고독한 분신,
그의 독백의 평온한 중심입니다.
당신 주위로 그어진 모든 원은
그에게 시간의 순환을 팽팽하게 당겨 줍니다.

무엇이 붓을 쥐고 있는 나의 손을 헤매게 하는 걸까요?[21]
내가 당신을 그릴 때, 신이시여, 당신은 그것을 알아차리지 못하십니다.

나는 당신을 느낍니다. 나의 감각의 자락에서
당신은 많은 섬과 함께이듯, 머뭇거리며 시작합니다.
그리고 단 한 번도 깜박거리지 않는 당신의 두 눈에게
나는 공간입니다.

 당신은 더 이상 당신의 광채 가운데 있지 않습니다,
천사들의 춤의 모든 행렬이

---

21) "수도자는 많은 낯선 생각을 품고 있었다. 그리고 이 생각들은 그에게 마치 몰려드는 손님과도 같았다. 이때 그는 결국 이러한 순응의 시구를 통해서 신에게 되돌아간다."(1899년 9월 24일 일기). 참조.

당신에게서 멀리 떨어진 곳을 음악처럼 소모하는 그곳, ─
당신은 당신의 최후의 집에 살고 계십니다.
내가 생각에 잠겨서 당신에게 침묵했기 때문에
당신의 하늘이 온통 나의 내면에 귀를 기울이고 있습니다.

나 여기에 있습니다, 걱정스러워 하시는 당신이여, 듣고 있지 않으십니까,
나의 모든 감각을 다하여 당신을 향하여 포효하는 이 소리를?
날개를 찾아낸 나의 감정은
당신의 얼굴 주변을 창백하게 맴돌고 있습니다.
당신은 나의 영혼이 당신의 앞 가까이 정적(靜寂)의
옷차림으로 서 있는 모습을 보고 있지 않으십니까?
나의 오월의 기도가 나무에 의지해서이듯
당신의 눈길에 의지해서 익어 가지 않습니까?

당신이 꿈꾸는 이라면, 나는 당신의 꿈입니다.
그러나 당신이 깨고자 하신다면, 나는 당신의 의지입니다
그리고 온갖 찬란함을 다스리게 될 것이며,
그리고 시간의 놀라운 도시 위에서
별들의 정적처럼 스러져 갈 것입니다.

나의 삶은 당신이 그렇게 서두는 나를 보고 있는
이 가파른 시간은 아닙니다.

나는 나의 배경 앞에 서 있는 한 그루의 나무,
나의 많은 입 가운데 하나의 입일 뿐입니다.
바로 가장 먼저 다무는 그 입입니다.

나는 다만 부적절하게 서로 익숙해 있는
두 음 사이의 휴지(休止)입니다.
죽음의 음이 높아지려 하기 때문에 ―

 그러나 그 어두운 막간에서
두 음은 떨면서 화해합니다.
            그리고 노래는 변함없이 아름답습니다.

내가 한층 가벼운 날들과 날씬한 시간들이 있는,
그 어느 곳에서 자랐더라면,
나는 당신에게 거창한 축제를 마련해 주었을 것입니다.
그리고 나의 손은, 가끔은 당신을 붙들 듯이,
그렇게 두려워하며 거칠게 붙잡지는 않았을 것입니다.

그곳에서라면 나는 감히 당신을 허비했을 것입니다.
그대 한없는 현재여,
마치 공처럼[22]
나는 물결치는 환희 속으로 당신을

_____

22) 공 던지기는 릴케의 가장 중요한 시적 비유이다. 시 「공」(Der Ball). 참조.

던져 올리면, 누군가가 당신을 붙잡았을 것입니다.
그리고 당신의 추락을 향해
높이 치켜든 두 손을 뻗쳤을 것입니다.
그대 사물 중의 사물이신 이여.

나는 당신으로 하여금 칼날처럼
번쩍이게 했을는지도 모릅니다.
금빛으로 빛나는 반지로
나는 당신의 불길을 에워싸게 했을 것입니다.
그리고 그 반지는 그 불길을 나의
더없이 하얀 손에 넘겨주었을 것이 틀림없습니다.

나는 당신을 그렸을 것입니다, 벽이 아니고
하늘에다 직접 여백에서 여백으로,
그리고 한 거인이 당신을 만들기라도 하듯이
당신을 만들었을는지 모릅니다, 산 삼아, 화재(火災) 삼아,
사막의 모래에서 자라나는 모래 열풍 삼아 —

아니면
언젠가 내가 당신을
찾아내는 일도 있을 수 있겠지요 …
                    나의 친구들은 멀리 있어
나는 그들의 웃음소리 울리는 것 거의 듣지 못합니다.
그리고 당신은, 당신은 둥지에서 떨어지셨습니다.

당신은 노란 발톱과 커다란 눈을 가진
한 마리의 어린 새,[23] 나를 애석하게 합니다.
(나의 손은 당신에게는 너무도 큽니다.)
나는 손가락으로 샘에서 물 한 방울 떠서
당신이 그 물을 헐떡이며 갈망하는지를 엿보고 있습니다.
그리고 나는 당신의 심장과 나의 심장이 고동치는 것을 느낍니다.
두 심장이 두려움 때문에 두근거리는 것을.

나는 이 사물들의 모두에게서 당신을 발견합니다,
그것들에게 나는 착하고 또 한 형제와도 같습니다.
당신은 씨앗으로서 빈약한 사물들 안에서 볕을 쬐고
큰 사물들 안에서 당신은 너끈하게 몸을 맡기십니다.

그처럼 헌신하며 사물을 뚫고 가는 것은
힘들의 놀라운 유희입니다
뿌리에서 자라고, 줄기들 안으로 수축하며
마치 부활처럼 우듬지 안으로 사라져 갑니다.

---

23) "매우 거창한 일이 우리가 손에, 자신의 무기력한 손에 쥘 수 있는 사물 안으로 한꺼번에 몰려드는 일은 자주 일어
나지 않습니다. 목이 마른 한 마리의 작은 새를 우리가 발견했을 때처럼 말입니다. 우리는 그 새를 목숨의 경각에
서 구해 냅니다. 그 작은 심장은 그대가 그 해변에 서 있는 한 대양의 가장 끝머리의 파도처럼 떨리는 손에서 차츰
더 세차게 박동합니다. 그리고 그대는 갑자기, 회복되는 이러한 작은 동물로 죽음에서부터 생명이 회복된다는 것을
알게 됩니다. [⋯] 그대는 그러한 시간에 가장 어려운 일을 견디어 낼만큼 강합니다."
(1900년 10월 23일, Otto Modersohn에게) 참조.

어느 젊은 형제의 목소리

나는 흘러내립니다, 흘러내립니다, 나는
손가락 사이를 흘러내리는 모래처럼.
나는 갑자기 모두가 저마다 목말라 하는
많은 감각을 느낍니다.
나는 나의 몸 수많은 곳이
부어오르고 아파 오는 것을 느낍니다.
그러나 가장 아픈 곳은 가슴의 한 가운데입니다.

 나는 죽고 싶습니다. 나를 혼자 내버려 두십시오.
불안한 나머지
나의 맥박이 끊어지는 일이
나에게 일어날 것 같습니다.

보십시오, 신이시여, 어제도 한 소년이었던
새로운 자가 당신을 지려고 옵니다. 여인들에 의해
그의 두 손은 합장하도록 포개져 있으나
그것은 절반쯤 속이는 일입니다.
그의 오른손이 벌써 왼손에게
버티라고 눈짓을 하고
팔에 혼자 매달려 있기를 원하기 때문입니다.

어제만 해도 이마는 냇물 속의 돌처럼,
파동(波動) 이외 아무것도 의미하지 않으며,
우연이 매달고 있는 하늘에서부터
한 영상을 가져오라는 것 이외
어떤 다른 것을 요구하지 않는 세월로 둥글어졌습니다.
오늘날 그 하늘 위에는
견디기 어려운 심판대 앞에
세계사가 몰려들고 있어
하늘의 판결문을 통해서 침몰하고 있습니다.[24]

새로운 얼굴 위에 공간이 생겨납니다.
이러한 빛 이전에는 어떤 빛도 없었습니다.
그리고, 전례 없이, 당신의 책은 시작합니다.

나는 당신을 사랑합니다. 부드럽기 이룰 데 없는 법칙이신 당신이여,
우리는 그 법칙과 싸우는 가운데 성숙했습니다.
그대 우리가 억제하지 못했던 향수여,
그대 우리가 빠져나오지 못했던 숲이여,
그대 우리가 모든 침묵으로 불렀던 노래여,
그대 어두운 그물이여,
그 안에 감정들은 달아나면서도 붙잡혀 있습니다.

---

24) "그 때문에 모든 참된 자는 첫 인물로 느껴져야만 한다. 그로부터 시작하는 세계 안에는 어떤 역사도 존재하지 않기 때문이다."(1898년 7월 11일 일기) 참조.

당신께서 우리를 기획했던
바로 그날 당신은 그렇게 무한히 위대하게 시작했습니다, ─
그리고 우리는 당신의 햇빛 안에서 이렇게 무르익었고,
이렇게 넓게 펼쳐졌으며, 그렇게 깊이 뿌리를 내렸습니다.
그리하여 당신은 인간들, 천사들과 성모의 품에서
이제는 유유히 완성되실 수 있습니다.

당신의 손이 하늘 비탈에서 쉬게 하시고
우리가 당신께 은연히 행하는 것을 말없이 허용해 주시옵소서.

우리는 일꾼들입니다. 시동(侍童), 제자, 거장으로
우리는 당신을 짓습니다, 그대 드높은 중랑(中郞)이시여.
그러나 때때로 어떤 진지한 떠돌이가 찾아와,
마치 한 줄기 광채처럼 우리들의 수많은 혼령 사이를 지나며
우리에게 떨리는 손짓으로 새로운 취급법을 알려 줍니다.

우리는 흔들리는 비계(飛階)로 오릅니다,
우리의 손에는 망치가 무겁게 매달려 있습니다.
우리를 향해 빛을 비추면서 모든 것을 알고 있기라도 하다는 듯이,
해풍처럼 당신에게서 오는
시간이 우리의 이마에 입맞춤을 할 때까지.

그러면 수많은 망치질의 울림이 있고

산들을 꿰뚫고 울림은 타격마다 연이어 들려옵니다.
어두워질 때에야 비로소 우리는 당신을 놓아줍니다.
그리고 당신의 다가오는 윤곽이 어렴풋이 떠오릅니다.

신이시여, 당신은 위대하십니다.

당신은 너무도 위대하여, 내가 당신의 곁에 서기만 해도,
나는 벌써 더 이상 존재하지도 않습니다.
당신은 그처럼 어둡습니다. 나의 작은 밝음은
당신의 옷자락에 비칠지라도 아무런 의미가 없습니다.
당신의 의지는 무슨 파도처럼 일어나고
나날은 그 안에서 익사하고 맙니다.

나의 동경만이 당신의 턱에 이르도록 솟구칩니다
그리고 모든 천사처럼 당신 앞에 한층 커다랗게 섭니다.
낯설고, 창백하며 여전히 구원받지 못한 한 천사,
당신을 향해 그의 날개를 펼칩니다.

그는 달들이 창백하게 헤엄쳐 지나갔던
한없는 비상을 더 이상 원하지 않습니다.
그리고 그는 세상들에 대해서 오래전부터 충분히 알고 있습니다.
그는 불꽃을 가지고 하듯 자신의 날개를 가지고
당신의 그림자 드리운 얼굴 앞에 서기를 바랍니다.

그리고 날개의 하얀 빛으로
당신의 잿빛 눈썹이 천사를 벌하려 하는지 알고 싶어 합니다.

그렇게 많은 천사가 빛 가운데서 당신을 찾습니다
그리고 이마로 별들에게 덤벼듭니다.
그리고 모든 광채에서 당신을 배우고자 합니다.
그러나 나에게는 내가 당신에 대해서 시를 쓸 때마다
그들은 돌린 얼굴을 하고
당신의 외투의 주름에서 멀어진다고 생각됩니다.

왜냐면 당신은 황금의 손님에 불과한 적이 있기 때문입니다.
당신을 그 맑은 대리석의 기도 속으로
간청했던 한 시대만을 위해서[25]
당신은 혜성들의 왕처럼 이마 위의
빛의 강물을 뽐내면서 모습을 나타내 보였습니다.

그 시대가 녹아 버렸을 때, 당신은 고향으로 돌아가셨습니다.

내가 흩날리게 되었던 당신의 입은 아주 검습니다,
그리고 당신의 두 손은 흑단(黑檀)으로 만들어진 것입니다.

---

25) 이탈리아 르네상스 시대. 이어지는 6개의 시편들이 규정하고, 여러 형태로 암시되는 이탈리아와 러시아의 대칭이 예고되고 있다. 이 대칭은 빛―어두움, 풍요로움―가난, 낭비―절약, 열매(개별적인 사물―힘, 응용된 적이 없는 힘으로서의 신, 일자(一者) ― 다수의 고독한 사람들이라는 대립의 쌍을 바탕으로 한다.

그것은 내가 외국책들에서 읽었던
미켈란젤로의 나날들[26]이었습니다.
그것은 어떤 척도를 넘어선,
거인처럼 키 큰,
무한을 잊어버린 사나이였습니다.

그것은 어떤 시대가 끝나가려 할 때,
그 시대가 다시 한번 그 가치를 간추릴 때,
항상 되돌아오는 사나이였습니다.
그때 다른 누군가가 그 시대의 모든 짐을 들어 올리고
그것을 자신의 가슴의 심연으로 내던집니다.

그보다 먼저 산 이들은 고통과 즐거움을 느꼈습니다.
그러나 그는 오로지 삶의 질량만을 느낄 뿐으로
그는 모든 것을 *하나의* 사물처럼 포용하고 있다고 느낍니다, ―
오로지 신만이 자신의 의지를 훨씬 넘어서 있습니다.
그리하여 그는 자신의 드높은 증오심과 함께
이러한 도달할 수 없는 거리의 신을 사랑합니다.

이탈리아를 넘어서까지 뻗어 있는 신이란 나무의 가지는
벌써 꽃을 피웠습니다.

---

26) 릴케의 부오나로티 미켈란젤로에 대한 평가, "절정에 이르는 힘을 지녔던 한 사람이 있었다. 그러나 공간도 모범도 없었다. 그가 자신의 아이 다비드에게 거인의 사지를 부여했을 때, 그는 우리들에게 점점 더 분명하게 이 형상체의 미숙한 젊음을 보여 주었을 뿐이다."(일기) 참조.

가지는 어쩌면

너무 이르게 열매들로 가득 채웠을는지도 모르겠습니다만,

가지는 꽃의 만개로 지쳐 버렸습니다.

그리고 열매는 하나도 맺지 못하게 될 것입니다.[27]

 신의 봄만이 거기에 있었습니다,

말, 그의 아들만이,[28]

완성되었을 뿐입니다.

모든 힘은

그 빛나는 소년을 향했습니다.

모든 이들은 공물을 들고

그에게로 갔습니다.

모든 이들은 지천사(智天使)처럼

그의 영광을 찬양했습니다.

그리고 장미 중 장미로서

그는 그윽하게 향기를 풍기었습니다.

그는 고향을 잃은 자들을 둘러싼

하나의 원이었습니다.

그는 여러 외투와 변신의 모습을 하고

---

27) 이탈리아 르네상스의 성과 없음을 의미한다.
28) "젊은 사람들에게 그리스도는 하나의 커다란 위험, 신의 지나치게 가까운 자, 신의 은폐자이다. 그들은 인간적인 신성(神性)의 척도를 찾는 데에 익숙해져 있으며, […] 나중에는 영원이라는 혹독한 고공에서 얼어 죽는다."
(1900년 10월 4일 일기) 참조.
    여기서 침묵하는 러시아 예술과는 반대로 그리스도는 "말"을, 러시아의 신이 대지의 신인 데 반해서 일방적인 상승을, 현세적인 것의 부활과 승천으로의 초월을 대변한다.

시대의 온갖 솟아오르는 목소리 사이를 걸었습니다.

그때 잉태를 알게 된 여인,
부끄러워하면서 어여쁘게 놀라는 여인,
시련을 당한 처녀도 사랑을 받았습니다.
활짝 피어나는 여인, 미지의 여인
그녀의 내면에는 수많은 길이 놓여 있습니다.

그때 그들은 그녀가 가서 떠돌게 했으며
새해와 함께 열매를 가꾸도록 했습니다.
그녀의 헌신적인 마리아로서의 삶은
대단하고도 놀랍게 변했습니다.
마치 축일의 종소리처럼
그녀의 삶은 집집마다 커다랗게 울렸습니다.
그리고 한때 처녀처럼 산만했던 여인은
자신의 품 안으로 그처럼 몰두하고
그처럼 그 한 분으로 가득 채워져
그처럼 수천을 대신할 만큼 충분히 채워져,
모든 것이 그녀를 비춰 주는 듯 보였습니다,
마치 포도원처럼[29] 열매를 달고 있었던 그녀를.

---

29) 성서에 자주 등장하는 모티브, 예컨대 "네 집 안방에 있는 네 아내는 열매를 많이 맺는 포도나무와 같고"
(시편 128편 3절)

그러나 과일을 매단 두릅의 무게와
기둥들과 아치형 회랑의 쇠락과
찬송가의 후렴이
그녀를 괴롭히기라도 했다는 듯이
동정녀는 다른 시간에,
더 위대한 자를 낳지 못했던 것처럼[30]
다가오는 상처로
향했습니다.

소리 없이 풀렸던 그녀의 두 손은
텅 빈 채입니다.
슬픕니다, 그녀는 아직 가장 위대한 이를 낳지 못했습니다.
그리고 위안을 주지 못하는 천사들은
서먹거리며 겁을 먹은 채 그녀의 주위에 서 있습니다.

그렇게 사람들은 그녀를 그렸습니다. 누구보다도
태양과 같은 동경을 품고 있었던 그 한 사람이.[31]
그에게 그녀는 모든 수수께끼로 더욱 순수하게 성숙했습니다.
그러나 고통 가운데 점점 더 일반화되었습니다.
그는 평생 울음을 우는 자와 같았습니다.
울음이 그의 두 손안으로 향했던 화가.

---

30) 마리아의 불완전한 모성의 표현.
31) 화가 산드로 보티첼리(1444/5—1510)를 말한다.

그는 그녀의 고통의 가장 아름다운 베일입니다.

그녀의 아파하는 입술에 부드럽게 드리워

그 너머로 거의 미소로 바뀌게 하는 베일 —

그리고 일곱 천사의 촛불에서 비치는 빛으로[32]

그 미소의 비밀은 드러나지 않을 것입니다.

그전의 것[33]과는 결코 닮지 않은 나뭇가지로

나무이신 신은 언젠가, 여름철을

알리면서 성숙으로부터 쏴쏴 소리를 낼 것입니다.

인간들이 귀담아듣는 어느 땅에서,[34]

각자가 나와 비슷하게 고독한 그곳에서.

왜냐면 오로지 고독한 사람에게만 계시될 것이며,

그리고 덜 고독한 한 사람에게 보다, 같은 모습의

많은 고독한 사람들에게 더 많이 주어질 것이기 때문입니다.

그들이 울음이 터질 지경에 다다라

그들의 멀리 떨어진 생각을 뚫고

그들의 수긍과 부정을 뚫고

수많은 제 편 안에서만 다르게

---

32) 보티첼리의 작품 「아이와 일곱 촛불을 든 천사들과 함께 있는 마리아」를 생각나게 한다.
33) "이탈리아를 넘어서까지 뻗어 있는 "나뭇가지"
34) "인간들이 고독한 인간들인 곳, 각자가 자신의 내면에 하나의 세계를 지니고, 각자가 하나의 산처럼 어둠으로 가득 차 있으며, 각자가 굴종해야 할 두려움 없이 깊이 자신의 겸손한 가운데 있어 그 때문에 경건한 그 땅, 러시아 그 먼 곳, 불확실성 그리고 희망의 도래로 가득한 인간, 그리고 무엇보다도 결코 고정되지 않은, 영원히 변화하는, 성장하는 신(1904년 2월 14일, E. Key에게 보낸 편지) 참조.

한 물결처럼 한 신이 지나간다는 것을 인식할 때까지
각자에게 다른 신이 나타날 것이기 때문입니다.[35]

이것은 가장 궁극적인 기도입니다,
그렇다면 바라보는 이들은 서로 말할 것입니다.
뿌리이신 신이 열매를 맺었으니
종을 때려 부수기 위해서, 가자.
우리는 시간이 무르익어 서 있는
한층 더 조용해진 날들을 맞을 것이다.
뿌리이신 신은 열매를 맺었다.
너희는 진지해지라, 그리고 보아라.

나는 믿을 수 없습니다. 우리가 매일과 같이
정수리 넘어 보고 있는 작은 죽음이 여전히
우리에게 하나의 염려이자 하나의 고난이라는 사실을.

나는 믿을 수 없습니다. 그 죽음이 진지하게 위협한다는 것을.
나는 아직 살아 있고, 무엇인가 지을 시간이 나에게 있습니다.
나의 피는 장미들보다 더 오래 붉을 테니까요.

---

35) "내가 말하고자 하는 것은 혼란에 빠지지 않고 자신으로부터 벗어나는 것 — 제 자신의 삶을 그리고 제 자신의 힘
을 지니는 것이다"(E. Key에게 보낸 앞의 편지) 참조. 릴케는 많은 개별자들, 고독한 자들의 새로운 공동체라는 유
토피아를 반복해서 간청했다. "우리가 소유하고 있는 것, 그것은 우리의 성숙, 감미로움 그리고 아름다움이다. 그러
나 그것을 향하는 힘은 우리 안에 들어 있는 세계를 넘어서 넓게 형성된 뿌리로부터 한 몸체 안에 흐르고 있다. [···]
고독한 자들이 많아지면 질수록, 그들의 유대는 그만큼 더 장엄하고 감동적이며 강력하다."
(1898년 「사물들의 멜로디에 대해서」) 참조.

나의 감각은 죽음이 마음에 들어 하는

우리의 두려움과의 익살스러운 유희보다는 깊습니다.

나는 세계입니다.

그 세계로부터 죽음은 헤매면서 추락했습니다.

죽음처럼

순례하는 수도자들은 이리저리로 떠돕니다.

사람들이 이들의 귀환을 두려워합니다.

사람들은 모릅니다, 그들이 매번 똑같은 이들인지,

둘인지, 열인지, 천인지 아니면 그 이상인지?

우리는 다만 이 낯선 노오란 손[36]만을 알 뿐입니다.

그처럼 맨살로 가까이 뻗친 손만을 —

여기저기.

손은 마치 제 자신의 옷에서 나오기라도 한 듯합니다.

신이시여, 내가 죽음을 맞는다면, 당신은 무엇을 하시겠습니까?

나는 당신의 항아리입니다(내가 깨진다면?)

나는 당신의 음료입니다(내가 썩는다면?)

나는 당신의 옷이며 당신의 관절입니다.

나를 잃으면 당신은 당신의 의미를 잃게 됩니다.

---

36) 텍스트에 자주 등장하는 손 모티브는 의식적으로, 의도와 오성에 이끌리는 자아의 좁은 한계의 저편에 있는 육체
의 고유한 생명을 지시해 보인다.

나 이후에는 말이 가까이 그리고 따뜻하게
당신을 맞아줄 집 하나도 당신에게 없습니다.
당신의 피곤한 발에서는
바로 나 자신인 벌벳 샌달이 떨어져 나갑니다.

당신의 커다란 외투는 당신을 놓아줍니다.
내가 나의 **뺨**으로, 마치 쿠션을 가지고 하듯
따뜻하게 맞이하는 당신의 눈길은
틀림없이 이리로 와서, 나를 찾을 것입니다, 오랫동안 ―
그리고 해가 질 때면
낯선 돌들의 품속으로 몸을 눕힐 것입니다.

신이시여, 무엇을 하시렵니까? 나는 불안합니다.

당신은 속삭이는 그을음투성인 존재,
모든 난로 위에서 뻗은 채 잠을 잡니다.[37]
앎은 오직 시간 속에서만 있습니다.
당신은 영원에서 영원으로 이어 사는
어두운 미지의 존재입니다.

당신은 모든 사물의 의미를 무겁게 하는
호소하는 존재이며 불안해하는 존재입니다.

---

37) 러시아의 농가에서는 난로가 일상적으로 잠자리였다고 전해진다.

당신은 노래 가운데의 음절들,
세찬 음성의 강제 때문에
점점 더 떨면서 되돌아가는 음절들입니다.

당신은 달리 가르침을 받은 적이 결코 없습니다.

당신은 부유함이 잇달아 둘러싸고 있는
아름답게 꾸민 존재가 아니기 때문입니다.
당신은 절약했던 소박한 존재입니다.
당신은 영원에서 영원으로 사는
수염이 난 농부[38]이십니다.

젊은 형제 수도자에게

그대, 혼란을 겪었던 어제의 소년이여,
그대의 피가 몽매함 가운데에서 허비되지 않기를.
그대는 향락을 마음먹지 않으며, 기쁨을 뜻하고 있소,
그대는 신랑으로 수양 되었고,
그대의 신부는 당연히 주어질 것이오. 그대의 수줍음이.

커다란 욕망이 그대를 갈망하오,

---

38) 「사랑하는 신의 이야기」의 네 번째 단편에서도 신이 "나이든, 수염이 난 농부"로 등장한다.

그리고 모든 팔이 갑자기 맨살을 드러내오.
경건한 그림들 위에는 창백한 뺨들이
낯선 불길로 일렁거리고 있소.
그리고 그대의 감각은 많은 뱀과도 같소.
소리의 붉은 빛깔로 둘러싸여
탬버린의 박자에 맞추어 팽팽해지는 뱀들.

 그리고 그대는 갑작스럽게 온전히 홀로 남겨졌소
그대를 미워하는 그대의 두 손과 함께 ―
그리고 그대의 의지가 어떤 기적을 행하지 않는다면,

––

그러나 거기 마치 어두운 골목길을 가듯
신의 소문들이 그대의 어두운 피를 통해서 가고 있소.[39]

젊은 형제 수도자에게

그렇다면 그대가 기도하시라, 스스로 혼란에서 빠져나와
돌아온 이 사람[40]이 그대에게 가르쳐 준대로.
그리고 그가 그들의 본성의 품위를 지키고 있는

---

39) 이 시편에 대해서는 『기도시집』 1부 초고 산문에 "마음이 혼란스러운 밤이면 수도자는 언제나 울고 있는 것을 보았
   던 그 젊은 수도자 형제를 생각하고, 마음속으로 그를 향해 이렇게 말했다"고 기록되어 있다.
40) 말하고 있는, 발화자인 수도자

성스러운 형상들에 맞추어,
교회 안에 그리고 황금빛 코발트 유리 위에
아름다움을 그리도록, 그러면 그 아름다움은 칼을 들 것이오.

그는 그대에게 이렇게 말하도록 가르칠 것이오,
　　　　　　그대 나의 깊은 감각이여,
내가 당신을 실망케 하지 않으리라는 것을 믿어 주십시오.
나의 피 안에는 그렇게 많은 소음이 있지만
나는 내가 그리움에서 태어났다는 것을 알고 있습니다.

어떤 거대한 엄숙함이 나를 갑자기 덮치고 있소.
그것의 그림자 안에서 생명은 서늘하오.
나는 처음으로 그대와 단둘이 되었소,
그대, 나의 감정이여,
그대는 그렇게 소녀와 같소.

내 이웃에는 한 여인이 있었고
그 여인은 시들어 가는 의복 차림으로 나에게 눈짓을 보냈다오.
그대는 그러나 나에게 그렇게 먼 나라들에 대해 말하고 있소.
그리고 나의 힘은
언덕 언저리를 바라다본다오.

나에게는 내가 침묵하고 있는 찬가(讚歌)가 있소.

그 안으로 나의 감각이 기우는,
하나의 똑바로 세워진 것이 있소.
그대는 나를 어른으로 보지만, 나는 어린아이라오.
그대는 나를 무릎을 꿇고 있는 사물들과
애매하게나마 구분할 수 있을 것이오.
그 사물들은 가축의 떼와 같고 그렇게 풀을 뜯고 있소.
나는 황야의 산비탈에 있는 목동이오,
그 산비탈을 뒤로 하고 저녁을 맞이하고 있소.
그러면 나는 그들의 뒤를 따라간다오.
그리고 어두운 다리들이 둔중하게 울리는 소리를 듣소.
그리고 그들의 등 뒤의 안개 안에는
나의 귀환이 숨겨져 있소.

신이시여, 당신의 시간이 공간 안에서 마무리되라고,
당신께서 목소리를 내시는,[41]
그 시간을 내가 어찌 이해하겠나이까.
당신에게 무(無)는 하나의 상처와 같았습니다,
당신은 그 상처를 세상으로써 서늘하게 하셨습니다.

이제는 우리 가운데서 조용히 치유되고 있습니다.

왜냐면 과거들이 환자들에게서

─────────────
41) 말을 통한 창조

많은 열기를 마셔 버렸기 때문입니다.
우리는 벌써 부드러운 흔들림 가운데
의미심장한 곳의 조용한 맥박을 느끼고 있습니다.

우리는 진정시키면서 무(無) 위에 누워있습니다
그리고 우리는 모든 균열을 덮어 싸 감춥니다.
그러나 당신은 표정의 그늘 안에서
불확실성 안으로 자라십니다.

시간과 가난한 도시에서
두 손을 움직이지 않는 모든 이들,
경미한 것에, 어느 한 곳, 아직은
이름도 없는 길 먼 곳에 손을 놓고 있는 모든 이들,
이들은 당신을 말합니다, 그대 나날의 축복을 내리시는 분이여,
그리고 한 장의 종이 위에 부드럽게 말합니다.

근본적으로 기도밖에는 없습니다,[42]
그리하여 우리의 두 손이 봉헌합니다.
간구하지 않은 것, 그 두 손이 창조하지 않도록.
누군가 그림을 그렸든 아니면 꼴을 베든
연장의 노고에서
경건함 펼쳐졌습니다.

———————
42) 창조성의 기본 형식으로서의 기도

시간은 갖가지 모습을 한 시간입니다.
우리는 가끔은 시간으로부터 소리를 듣습니다,
그리고 영원한 것과 오래된 것을 행합니다.
우리는 신께서 마치 수염이나 옷처럼
우리의 주위를 물결치듯 둘러쌌음을 압니다.
우리는 현무암 속의 광물처럼
신의 단단한 영광 가운데 존재합니다.

이름은 마치 하나의 빛처럼
우리의 이마에 단단히 박혀 있습니다.
그때 이러한 순간적 심판 앞에서
나의 얼굴은 떨구어졌습니다.
그리고 (그때로부터 전해지는)
당신을, 위대하고 어두운 무게를
나에게서 그리고 세계에서 보았습니다.

당신은 내가 흔들리면서 그 안으로 올라갔던,
시간에서부터 나를 서서히 휘게 하셨습니다.
나는 조용한 싸움 쪽으로 기울었습니다.
이제 당신의 부드러운 승리를 에워싸고
당신의 어두움은 계속될 것입니다.

이제 당신에게 내가 있으나 당신은 그가 누구인지를 모르십니다,
왜냐면 당신의 넓은 감각은
내가 어두워졌다는 것만을 보기 때문입니다.
당신은 나를 기이하게도 부드럽게 붙드시고
나의 두 손이 당신의 늙은 수염을 훑고
지나가는 소리를 엿듣고 계십니다.

당신의 태초의 말씀은 빛이었습니다.
그러자 시간이 생겨났습니다. 그다음 당신은 오랫동안 침묵하셨습니다.
당신의 두 번째 말씀은 사람이 되었고, 두렵게
(우리는 그 말씀의 울림 속에서 지금도 어두워집니다)
그리고 다시금 당신의 얼굴은 생각에 잠깁니다.

나는 그러나 당신의 세 번째 말씀을 원치 않습니다.

밤이면 나는 자주 기도합니다, 말 없는 분이 되시라고,
몸짓으로 꾸준히 성장하시는 분
그리고 꿈속에서 정신이 몰아세워
침묵의 무거운 합계를
이마와 산맥에 새기시는 분이 되소서라고.

당신께서는 말할 수 없는 것을 쫓아버렸던
분노에서 피할 수 있는 피난처가 되어 주소서.

낙원에 밤이 되었습니다.
당신께서 각적(角笛)을 든 수호자가 되어 주소서,
그리고 사람들은 그가 그 각적을 불었다고 이야기할 것입니다.

당신은 오고 또 가십니다. 바람결 거의 없이
문들은 훨씬 부드럽게 닫힙니다.
당신은 귀 밝은 집들을 지나가는
모든 이들 가운데 가장 조용한 분이십니다.

사람들은 당신에게 너무도 익숙해져 있어,
당신의 그림자로 푸르게 드리워져,
책의 그림들이 멋지게 장식될 때,
사람들은 책 밖으로 눈길을 주지 않습니다.
그저 한번은 나지막하게 그리고 한번은 크게,
사물들이 항상 당신을 울리기 때문입니다.

내가 당신을 마음속으로 볼 때마다 자주
당신의 전체 모습은 나누어집니다.
당신은 순전히 밝은 빛깔의 노루처럼 지나갑니다.
그리고 나는 어둡고, 또한 숲입니다.

당신은 내가 그 곁에 서 있는 수레바퀴입니다.
당신의 많은 어두운 축(軸) 중에서

항상 하나가 무거워져
나를 향해 차츰 더 가깝게 굴러옵니다.

그리고 나의 마음에서 우러나온 작품들은
되돌아옴에서 되돌아옴으로 자라납니다. [43]

당신은 솟아오른, 가장 깊으신 분,
잠수부이시며, 탑들의 질투의 대상이십니다.
당신은 혼잣말을 하는 온화하신 분이십니다,
그렇지만 비열한 자가 당신에게 물었을 때,
당신은 침묵에 빠지셨습니다.

당신은 모순의 숲이십니다.
나는 당신을 어린아이처럼 달래도 될 것 같습니다,
그렇지만 백성들 위에 무시무시한
당신의 저주는 실현됩니다.

당신에게 첫 번째 책이 쓰여졌습니다.
첫 번째의 그림은 당신을 시험에 들게 했습니다,
당신은 고통 속에 그리고 사랑 속에 있었습니다,
당신의 진지함은 마치 광석에서처럼 밀려 나와

---

43) 니체의 영원회귀설과는 직접적으로 연관되지는 않는다. 니체의 영원회귀는 성장과 같은 것을 포함하지 않기 때문이
다. 여기서는 오히려 낮과 밤, 여름과 겨울의 순환처럼 어떤 유기적인 순환을 환기시킨다.

당신을 이레 동안의 완성의 날[44]들에 비유했던
모든 이의 이마에 적혀 있었습니다.

당신은 수천의 사람들 속으로 사라졌습니다,
그리고 모든 제물은 차갑게 식어 버렸습니다.
당신께서 드높은 교회의 합창 소리 가운데
황금빛 문들의 뒤편에서 움직일 때까지.
그리고 타고난 두려움이
형상으로 당신을 둘러 채웠습니다.[45]

나는 압니다, 당신은 머뭇거리며 시간이
에워쌌던 수수께끼와 같은 분이심을.
나를 죄어왔던 시간에
내 손의 오만함 가운데
오 얼마나 멋지게 내가 당신을 창조했던가요.

나는 많은 멋진 설계도를 그렸습니다,
모든 장애물을 귀담아듣고 진단했습니다, —
그러자 나의 계획들은 병이 들었습니다.
선들과 타원형들[46]은 가시덩굴처럼
뒤죽박죽이 되었습니다.

---

44) 창조의 날들.
45) 추측컨대 교회를 통해서 신에게 형상을 부여하는 인간의 행위를 의미하고 있다.
46) 금속이 박힌 성상화에서 윤곽만으로 얼굴과 손을 표현하기 위해서 비워둔 공간들.

마침내 단번에 내 마음 깊이
한 번의 터치에서 모든 형태 중
가장 경건한 형태가 미지의 것 안으로 도약했습니다.

나는 나의 작품을 조감(鳥瞰)할 수가 없습니다
그렇지만 나는 그 작품이 완성되었다고 느낍니다.
그러나, 눈길을 돌리고
나는 여전히 다시 짓고자 합니다.

나의 일과는 그렇습니다, 나의 일과 위에는
껍질처럼 나의 그림자가 드리워 있습니다.
그리고 나는 나뭇잎과 찰흙과 같기도 합니다,
내가 기도를 하거나 그림을 그릴 때마다
그날은 주일, 그러면 나는 계곡 안에 있는
환호성을 울리는 예루살렘[47]입니다.

나는 주님의 자랑스러운 도시입니다
그리고 수백 개의 혀로 주를 말합니다.
내 안에서 다윗의 감사가 희미해졌습니다.
나는 하프 소리 들리는 초저녁에 누워서
금성을 숨 쉬었습니다.

---

47) 시에서 여러 계기를 통해서 이러한 환호가 암시된다. 무엇보다도 고난 주일 그리스도의 입성, 그리고 다윗에 의해서
일어난 율법의 궤의 예루살렘으로의 인도와 다윗의 감사의 찬송(역대지상 15장, 16장) 또한 하프의 반주에 따라
부르는 수많은 찬양(시편)을 암시한다.

나의 골목길들은 오르막을 향해 있습니다.

그리고 나는 오래전에 민중을 떠나 왔습니다,

그래서 나는 더 커졌습니다.

나는 내 안에서 누구든 걷는 소리를 다 듣습니다.

그리고 나의 고독을 펼칩니다,

처음에서부터 처음을 향해.

그대들 정복당한 적 없는 많은 도시들이여,[48]

그대들은 적을 열렬히 고대한 적이 결코 없는가?

오 적이 흔들림의 오랜 세월 동안에

그대들을 포위라도 했더라면.

그대들이 위안도 없이 슬픔 가운데서

굶주리며 적을 견디어 낼 때까지

적은 마치 풍경처럼 성벽 앞에 누워있소.

그는 그가 급습한 자들을 에워싸고

끈기 있게 견디어 낼 줄을 알기 때문이오.

그대들의 지붕 가장자리에서 바라다보시오.

저기에 그가 진을 치고 지치지도 않고

---

48) "이러한 찬송을 수도자는 영혼의 드높은 황홀감에서 노래 불렀다. 그리고 그는 도시들로써 아직은 동방을 향해서
열리지 않아 아무것도 충족시키지 못하고 있는 형제 수도자들을 의미한다."(『기도시집』 1부 초고 산문 부분)

하찮아지지도, 약해지지도 않으며
그리고 위협하는 자와 약속하는 자
그리고 설득하는 자를 도시로 보내지도 않소.

그는 탁월한 성벽 파괴자,
침묵의 작업을 떠맡고 있는 자.

나는 나의 흔들림에서 빠져나와 귀가합니다.
나는 그 흔들림으로 나를 잃었었지요.
나는 노래였고, 그리고 운(韻)이신 신께서는,
아직도 나의 귓전에서 소리를 내고 계십니다.

나는 다시금 조용해지고, 소박해질 것입니다.
그리고 나의 목소리는 멈추어 설 것입니다.
나의 얼굴은 더 나은 기도를 향해
떨구어졌습니다.
다른 이들에게 나는 바람과 같았습니다,
나는 그들을 소리쳐 불러 흔들었기 때문입니다.
천사들이 있는 곳, 빛이 무(無)안으로 흘러가 버린 곳,
그 드높이 나는 멀리 떨어져 있었습니다 ―
신은 그러나 깊숙이 어두워지십니다.

천사들은 신의 우듬지의 자락에 부는

마지막 바람결입니다.

이들이 그의 가지를 떠나간다는 것은,

이들에게는 하나의 꿈과 같습니다.

이들은 신의 검은 힘보다도

거기의 빛을 더 믿습니다.

그들의 이웃으로

루시퍼는 도망쳤습니다.

그는 빛의 나라의 제후이며

그의 이마는

무의 커다란 빛에 매우 가파르게 서 있어,

그을린 얼굴을 하고

어두움을 애타게 찾습니다.[49]

그는 시간의 밝은 신,

그를 향해서 시간은 시끄럽게 깨어납니다.

그리고 그는 자주 고통 가운데 소리를 지르고

그리고 자주 고통 가운데 웃기도 하기 때문에,

시간은 그의 지복함을 믿고

그의 권능에 매달립니다.

시간은 어느 책 낱장의

---

49) 루시퍼는 라틴어에서 샛별을 의미하기 때문에 이를 그대로 적용하면 빛의 천사이다. 그러나 기독교에서는 자신을 하느님처럼 만들기 위해서 하느님을 거역하고 하늘에서 추방된 최고의 악마로 간주된다. 추락한 천사, 루시퍼는 지옥의 통치자가 되었음으로 "시간"의 제국은 암묵적으로 악마적인 것으로 고발된다. 릴케는 이처럼 빛과 시간에 대해서 부정적 시각을 내보이며 어둠을 칭송한다.

시든 가장자리와 같습니다.
시간은 신이 벗어 던진
반짝이는 제의(祭衣)입니다.
항상 깊이셨던 신이,
날기에 지쳤고
모든 사물을 뚫고
그의 뿌리와도 같은 머리카락이 자랄 때까지
모든 세월로부터 자신을 숨겼을 때의 그 제의 말입니다.

당신은 행동을 통해서만 파악되고,
손을 통해서만 밝혀집니다.
매 감각은 다만 손님일 뿐이며
세상 밖을 갈망합니다.

매 감각은 상상의 산물입니다,
사람들은 그것을 통해서 민감한 자락을 느낍니다.
또한 누군가가 그 자락을 당겼음도.
당신은 그러나 오셔서 헌신하시고
도망자를 엄습하십니다.

나는 당신이 어디에 계신지 알고 싶지 않습니다,
어디에서건 나에게 말씀하소서.
당신의 온순한 복음 전도사는

모든 것을 기록하면서도
반항하는 쪽을 바라보기를 잊고 맙니다.

 그러나 나는 항상 당신을 향해 나갑니다
나의 온갖 걸음걸이를 다해서 가고 있습니다.
우리가 서로를 이해하지 않는다면,
도대체 나는 누구이며 당신은 누구이겠습니까?

나의 생은 옛 차르들[50]의 죽음의 시간과
같은 옷과 머리카락을 하고 있습니다.
권력은 다만 나의 입에게만 낯설었을 뿐,[51]
내가 말 없는 가운데 완성하고 있는 나의 제국들은
나의 배경 안에 집결합니다.
그리고 나의 감각들은 여전히 고수다르[52]입니다.

이 제국들을 위해서 아직 여전히 기도가 있습니다, 짓기,
모든 수단을 다해서 짓기, 그리하여 두려움은
거의 위대함처럼 변하고 아름다워집니다, ―
그리고 모든 무릎 꿇기와 (다른 사람들이 이것을
보지 않는다는) 믿음이

---

50) 공산주의 혁명 이전 러시아 군주의 칭호
51) 수도자는 앞의 시에 서술된, 처리 불가능한 창조력으로서의 영감을 구사하지 못한다. 그러나 그는 이 영감 — "나
   의 제국" — 을 통해서 개체로서의 인물로 성장하며, 디오니소스적인 무형상을 감각적, 아폴론적인 형상으로 바꾸
   어 놓는다.
52) 독재자. 차르의 다른 칭호 중의 하나.

많은 황금빛과 푸른 빛
그리고 다채로운 빛깔의 둥근 지붕으로 높이 솟습니다.

절반쯤 구원받은 자들의 손들이 켜는
왕들과 동정녀 앞에 나아가는 통로인
위로하는 소리, 하프들로서[53]
솟아오름과 생성 중에 있는
교회와 수도원들은 도대체 무엇입니까.

그리고 신은 나에게 쓰라고 명령합니다.

왕들에게 잔인함이 있을지어다.[54]
잔인함은 사랑 앞의 천사이니,
이러한 우회로 없이는
나에게 시간으로 들어가는 다리는 없도다.

그리고 신은 나에게 그리라고 명령합니다.

시간은 나에게 이룰 데 없이 깊은 아픔이도다,
그리하여 나는 시간의 접시 안에 넣어 두었도다.

---

53) 사울 앞에서, 그를 위로하기 위해 다윗이 행한 하프 연주를 암시한다.(사무엘상 16장)
54) 무자비한 왕들 — 앞의 시에 나오는 성서상의 사울이 그 한 예가 되겠지만 — 을 릴케는 다양하게 묘사했다. 예컨
대 시 「스웨덴의 카를 12세가 우크라이나에서 말을 달리다」(형상시집)가 그렇다. 여기서 잔인함은 "시간"이 경험적인
현실에 대한 불만과 그 한계의 폭발로 해석된다.

깨어 있는 여인, 상흔,
풍요로운 죽음 (하여 이것이 시간을 헤아리도록)
도시들의 불안한 술잔치들[55],
광기와 왕들을[56].

그리고 신은 나에게 지으라고[57] 명령합니다.

실로 나는 시간의 왕이로다.
그러나 그대에게는 나는 그대의 고독의
음울한 공유자일 뿐이며
눈썹 달린 눈이로다 …

그 눈은 나의 어깨 너머를
영원에서 영원으로 바라봅니다.

당신 이름의 오래된 밤 안으로
수많은 신학자가 잠겼습니다.
동정녀들이 당신을 향해 깨어났으며,
청년들이 은빛 차림으로 진군하여
당신 안에서 가물가물 빛났습니다, 그대 전투여.

---

55) 포도주와 수확의 신, 바쿠스(디오니소스)를 기리는 축제.
56) "깨어 있는 여인 … 광기와 왕들을": 제1연에서처럼 "해석된 세계"를 폭파시키는 한계 경험의 동기들.
57) 신, 작품, 제 자신에 대한 동시적 작업.

당신의 긴 우회로에서
시인들이 서로 마주쳤습니다.
그리고 그들은 음향의 제왕들
부드럽고 심오하고 장인다웠습니다.

당신은 모든 시인을 비슷하게 만드는
아늑한 저녁 시간이십니다.
당신은 어둡게 입안으로 밀려들어 가고 있습니다.
그리고 발견의 느낌 가운데
각자는 장관(壯觀)으로 당신을 에워싸고 있습니다.

수만 개의 하프가 마치 진동처럼
당신을 침묵에서 건져 올립니다.
그리고 당신의 옛 바람도
모든 사물과 필요를 향해서
당신의 찬란함의 입김을 일게 했습니다.

시인들은 당신을 흩뿌렸습니다.
(모든 말더듬을 폭풍 하나가 뚫고 지나갔습니다)
그러나 나는 당신을 기쁘게 해 줄
그릇에 당신을 다시 모으렵니다.

나는 수많은 바람결 속에서 떠돌았습니다.

그때 당신은 그 속에서 수없이 표류했습니다.
나는 내가 발견한 모든 것을 바칩니다.
눈이 먼 이는 당신을 잔으로 사용했고
하인은 당신을 아주 깊이 숨겼습니다.
거지는 그러나 당신을 피했습니다.
그리고 가끔은 한 어린아이에게
당신의 생각의 커다란 한 조각이 함께 있었습니다.

당신은 내가 한 탐구자인 것을 알고 계십니다.

두 손으로 가리고
숨어드는 이, 목동과도 같은 이입니다.
(그를 혼동시키는 눈길을
낯선 자들의 눈길을 그로부터 거두어 주소서)
당신을 완성 시키고자 꿈꾸는 이는
그것으로 그 자신이 완성될 것입니다.

대성당 안에서 햇빛을 보기란 드문 일입니다.
벽들은 형상들로부터 자라고
동정녀들과 늙은 성자들 사이로
막 펼치려는 날개처럼황금빛의, 황제의 문[58]이 파고듭니다.

---

58) '성단장식용 벽의 3개 문 중 가운데 있는 가장 큰 문을 황제의 문이라고 부른다. 큰 축제 때에만 열린다.

그 문의 기둥 옆 벽은
성상화의 뒤로 모습을 잃었습니다.
그리고, 잔잔한 은빛 속에 깃들어 있는[59)]
돌들은 합창처럼 솟아올랐다가
기둥머리의 장식으로 다시 떨어집니다.
그리고 이전보다 더 아름답게 침묵합니다.

그 기둥들 위로는, 밤들처럼 푸르게,
창백한 얼굴을 하고,
당신을 기쁘게 했던 여인이 공중에 떠돕니다.[60)]
문지기 여인, 아침이슬 같은 이,
마치 낮의 초지처럼 쉬임 없이
당신을 꽃으로 에워쌉니다.

둥근 천장은 당신의 아들로 가득하고[61)]
건물을 둥글게 마무리 짓습니다.

내가 전율하면서 바라다보는
당신의 옥좌에 당신은 마음을 쓰시렵니까.

그때 나는 순례자의 한사람으로 대성당에 들어섰습니다.

59) 성단장식용 벽 하부의 일련의 성화는 17세기 이래 금 또는 은의 얇은 판으로 가려져 있다.
60) 성단장식용 벽의 가장 상부의 성화들 가운데 있는 마돈나 성상화의 전형적인 특징들. 푸른 외관, 창백한 얼굴.
61) 비잔틴 전통에서 둥근 천장 전체를 차지하는 거대한 그리스도상을 생각나게 한다.

그리고 가득한 고통 속에서

나의 이마에서 당신을 느꼈습니다, 돌이신 당신이여,

숫자로 헤아릴 때, 일곱 개의 촛불로

나는 당신의 어두운 존재 주위를 에워 쌌습니다.

그리고 모든 성상화에서 나는 당신의

갈색의 모반(母斑)[62]을 보았습니다.

 그때 나는, 허약하고 깡마른

걸인들이 서 있는 곳에 함께 있었습니다.

그들의 앉고 일어서는 바람결에서

나는 당신을 깨달았습니다, 바람이신 당신이여.

나는 늙고 또 늙은,

요아힘[63]처럼 턱수염이 난 농부를 보았습니다.

그리고 순수하게 유사한 이들에 둘러싸여

그가 어두워졌던 일로부터

나는 예전에 없이 부드럽게 당신을 느꼈습니다.

그렇게 말없이

모두의 내면에 그리고 그의 내면에 현현된 당신을.

당신은 시간에게 달리기를 일을 허락하십니다.

그리고 당신에게는 그 안에 휴식이란 전혀 없습니다.

농부는 당신의 뜻을 헤아리고

---

62) 마리아상 안에 신의 작용을 대신하는 간접적인 징표로 볼 수 있다. 갈색은 『기도시집』의 신의 토착성을 가리켜 보
    인다.
63) 마리아의 아버지. 회화에서는 통상적으로 나이 들고 수염을 기른 남자로 그려진다.

그 뜻을 들어 올렸다가 내동댕이칩니다.
그러나 그 뜻을 다시 들어 올립니다.

파수꾼이 포도원 안에
자기 오두막을 가지고 감시를 하는 것처럼
나는, 주여, 당신의 손에 들려 있는 오두막이며,
당신의 밤의 밤입니다, 오 주여.

포도원, 초원, 오래된 사과밭,
어떤 봄도 덮어 주지 않는 전답,
대리석처럼 단단한 땅에서도
수많은 열매를 맺는 무화과나무.

당신의 둥그런 가지에서는 향기가 피어납니다.
그리고 당신은 묻지 않습니다, 내가 지키고 있는가를.
두려움 없이, 수액에 녹아들어, 당신의 깊이가
조용히 나의 곁을 지나 오르고 있습니다.

신은 각자에게 그를 만들기 전에만 말씀하십니다.
그리고는 침묵하는 가운데 그와 더불어 밤을 빠져나옵니다.
그러나 각자가 시작하기 전에, 말씀은
이 구름 낀 말씀은 이렇습니다.

네 생각에 따라
너의 동경의 가장자리에까지 가라.
나에게 옷을 달라.

사물들의 뒤에서 화재처럼 자라나라,
그리하여 사물들의 그림자가, 넓게 퍼져,
언제나 나를 온통 뒤덮도록.

너에게 모든 일이 일어나게 하라, 아름다움과 소스라친 놀라움이.
사람들은 그저 걸어가야 할 뿐이다. 어떤 감정도 이룰 데 없이 먼 감정이 아니다.
나에게서 너를 떼어놓지 말라.
그들이 삶이라고 부르고 있는
땅이 가까이 있다.

너는 그 삶의 진지함에서
그것을 알게 될 것이다.

나에게 손을 내밀어다오.

나는 늙을 대로 늙은 수도자들, 화가들 그리고 신화 구술자들이 있는 데에
함께 있었습니다.
이들은 조용히 이야기를 썼으며, 또한 찬양의 루네 문자를 새겼습니다.

그리고 나는 나의 환상 속에서 바람과 물과 숲과 더불어
그리스도교의 가장자리에서 살랑대고 있는, 빛도 비치지 않는
당신을 봅니다, 대지이신 당신이여.

나는 당신을 이야기하고, 당신을 주시하며 서술하려 합니다.
점토나 황금이 아니라, 오직 사과나무 껍질로 만든 잉크를 가지고 말입니다.
나는 진주를 가지고서도 당신을 몇 장의 종이에 묶을 수가 없습니다.
나의 감각이 고안해 낸 가장 떨리는 그림을
당신은 당신의 소박한 존재를 통해서 맹목적으로 쫓아 버릴지도 모르니까요.

따라서 나는 당신 안의 사물들을 그저 검소하게 그리고 있는 그대로
                                       명명하려고 합니다.
왕들의 이름을 부르고, 가장 늙은 왕들이 어디 출신인지를 열거하려고 하며,
그들의 행위들과 전투를 나의 책장(冊張) 여백에 적으려고 합니다.

왜냐면 당신은 땅이기 때문입니다. 당신에게 시간은 그저 여름과 같을 뿐입니다.
그리고 당신은 가까이 있는 시간들을 멀리 있는 시간과 조금도 다름없이
                                         생각합니다.
그리고 그 시간들이 당신을 더 깊이 씨 뿌리고 더 잘 가꾸는 법을 배웠는지
                                         생각합니다.
당신은 비슷한 수확물들로 그저 부드럽게 건드려지는 것만을 느끼며
당신 너머로 걸어가는 씨뿌리는 사람도 낫질 소리도 듣지 않습니다.

어둑해지는 땅이신 당신이여, 당신은 성벽들을 끈기 있게 견디어 내고 있습니다.

그리고 어쩌면 당신은 도시들이 지속하도록 한 시간을 더 용납하시며,

성당과 고독한 수도원들에게는 아직 두 시간을 더 허락하시고,

구원받은 모든 이들에게 아직 다섯 시간의 고난을 더 허락하십니다.

그리고 농부의 하루 일과를 아직 일곱 시간 동안 더 보고 계십니다. —

당신이 다시 숲이 되고 물과 불어나는 황야가 되기 전에,

  알 수 없는 두려움의 시간에,

  그때 당신은 당신의 완성되지 않은 초상을

    모든 사물에게서 되돌려 달라 요구하십니다.

나에게 잠시 시간을 더 주십시오. 나는 어느 누구보다도 사물들을

                                    사랑하렵니다.

  그것들이 당신에게 모두 걸맞고 풍성해질 때까지.

  나는 오로지 일곱 날을 원합니다.

  어느 누구도 그 위에 쓰지 않은 일곱 날,[64]

    일곱 페이지의 고독을 원합니다.

  당신이 그 일곱 페이지를 담고 있는 책을 준 사람은

  그 페이지마다에 몸을 구부린 채 머물게 될 것입니다.

  당신이 스스로 쓰기 위해서 그를 두 손안에 넣고 있는

    경우가 아니라면.

---

64) 이레 동안의 창조의 날들을 유추하게 한다.

낱낱의 두려움과 매일 밤을 지나,
당신을 다시 바라본다는
믿음 가운데 확신하며
나는 어린아이로서 그렇게 눈을 떴습니다,
나는 나의 생각이 그렇게 자주
얼마나 깊이, 오래, 넓게 빗나가는지를 알고 있습니다—.
그러나 당신은 존재하고 존재하며 또 존재하십니다.
시간에 전율하면서.

나에게는 지금 내가 마치 동시에 소년, 어린아이
그리고 어른, 그리고 그 이상인 것처럼 생각이 듭니다.
나는 그의 재림을 통해서
반지만 풍부해진다고 느낍니다.[65]

나와 함께 점점 더 조용히
마치 많은 벽의 뒤에서처럼 창조하고 있는
당신께 나는 감사드립니다, 깊은 힘이신 당신이여.
이제 비로소 작업의 날이 나에게 분명해졌고,
나의 어두운 손에 어울리는
성스러운 얼굴처럼 되었습니다.

---

65) 모티브로는 니체의 『차라투스트라는 이렇게 말했다』, 제3부의 유명한 절 「일곱 개의 봉인」을 빌리고 있다. 니체의
   이 글은 "오, 내 어찌 영원한 반지 가운데서 결혼반지인 회귀한 반지를 열망하지 않을 수 있으리오?"라는 구절을 후
   렴구로 여섯 문단의 끝마다 반복한다.

얼마 전까지도 나는 존재하지 않았다는 것을
당신은 아시는지요? 당신은 아니라고 말하실 것입니다.
그러면 나는 느낍니다, 내가 서둘지만 않으면
나는 결코 흘러간 존재가 아닐 수 있음을.

나는 물론 꿈 가운데의 꿈 이상의[66] 존재입니다.
어떤 가장자리[67]를 동경하는 것만이
한 낮과 같고 하나의 소리와 같습니다.
그것은 당신의 두 손 사이로 낯설게 돌진하여
많은 자유[68]를 찾을는지도 모릅니다,
그리고 슬프게도 자유를 저버립니다.

그리하여 당신에게는 어둠만이 남겨졌습니다,
그리고, 텅 빈 빛 안으로 자라면서
점점 더 맹목이 되어가는 바위에서
하나의 세계사가 솟아올랐습니다.
이것을 짓고 있는 일자(一者)가 아직 존재하나요?
덩어리들은 다시 덩어리를 원합니다.
돌들은 마치 자유롭게 풀려난 듯합니다.

---

66) 꿈꾸는 자(신)에 의해서 꾸어지는 꿈. 모든 현세적인 것의 폄하로서 바로코 이래 통용된 꿈과 삶의 동일시를 암시
   한다. 릴케의 신은 초월적이지 않고, 전적으로 현세적이기 때문에 이 은유에는 해당되지 않는다.
67) 확고한 경계, 지속적이며 변함없는 형상.
68) 반어적인 표현

그리고 어느 돌 하나도 당신에 의해 다듬어진 것이 없습니다. …

당신의 나무의 우듬지에는 빛이 떠들썩합니다.
그리고 당신에게 모든 사물은 각양각색이며 공허합니다.
사물들은 한낮이 꺼졌을 때 비로소 당신을 발견합니다.
어스름, 공간의 다정함이
수천의 정수리 위에 수천의 손을 얹습니다.
그리고 그 손길 아래에서 낯선 것도 경건해집니다.

 당신은 이 세계를 이러한 부드럽기 이를 데 없는 몸짓 이외
달리 당신에게 붙들어 두려고 하지 않습니다.
이 세계의 하늘로부터 당신은 당신의 대지를 취하고
당신의 외투의 주름 아래서 그 대지를 느끼십니다.

당신은 그처럼 존재의 부드러운 방식을 취하십니다.
그리고 당신에게 떠들썩한 이름을 바치는 자들은,
벌써 당신의 이웃으로서는 잊히었습니다.

우리의 감각에 법칙을 부여하려고
산처럼 치켜든 당신의 두 손에서는
검은 이마를 한 당신의 말 없는 힘이 솟아오릅니다.

호의적이신 분 당신이여, 당신의 은총은 항상
모든 지극히 오랜 몸짓 안으로 모셨습니다.
누군가가 두 손을 모아,
순종적으로
작은 어두움의 주위를 에워싸면 —
순식간에 그는 두 손안에서 생겨나는 당신을 느낍니다.
그리고 바람결에서 이듯
그의 얼굴은
부끄러움으로 떨구어집니다.

그리고 그는 다른 이들에게서 본대로
돌 위에 누웠다가 일어나기를 시도합니다.
당신을 흔들어 잠재우려는 그의 노력은
그가 당신의 깨어 있음을 누설한 것은 아닌가 하는 불안에서 입니다.

당신을 느끼는 자는 당신을 자랑할 수 없기 때문입니다.
그는 소스라치게 놀랐고, 당신을 걱정하며
당신을 눈치챈 것이 분명한 모든 낯선 이들에게서 달아납니다.

당신은 황야에서 편력하는 이들에게
일어나는 기적입니다.[69]

---

69) 이스라엘 백성은 이집트를 떠나 귀향하는 과정에서 하늘에서 떨어지는 만나를 양식으로 삼았다.
　　(출애굽기 16장, 민수기 11장)

하루의 가장자리 한 시간과
대지는 모든 것에 준비되어 있도다.
나의 영혼이여, 그대가 갈망하는 것을 말하라.

광야가 있으라, 그리고 광야여, 넓게 퍼져라.
평평한, 오래전에 흘러가 버린
대지 위에 달이 떠오르면
자라면서 거의 몰라보이는 채 있는
오래고 오랜 묘지들을 맡아다오.
고요여, 네 모습을 지녀다오, 사물들을
지어다오 (지금은 사물들의 어린 시절,
사물들은 그대에게 순수히 응하게 되리라).
광야가 있으라, 광야가 있으라, 광야가 있으라,
그러면 내가 밤과 구분 짓지 못하는
노인[70] 역시 어쩌면 올 것이며
그의 엄청난 먼눈을
나의 귀 기울여 듣고 있는 집 안으로 가져오리라.

나는 그가 앉아서 생각에 잠겨 있는 것을 봅니다.
그는 나를 넘어서 있지는 않습니다.
그에게 모든 것은 내면에 있습니다,
하늘과 광야와 집이.
노래들만이 그에게서 사라졌습니다,

---

70) 현(絃)이 여럿인 코부자 또는 반두라를 연주하며, 이 마을 저 마을을 유랑했던 음유시인.

노래들을 그는 더 이상 시작하지 않습니다.
수천의 귀들에서
노래들을 시간과 바람이 마셔 버렸습니다.
바보들의 귀에서 말입니다.

그러나 마치 내가 모든 노래를
내 마음속 깊이 그를 위해 아껴 둔 것 같은
생각이 들었습니다.

그는 떨고 있는 턱수염 뒤에서 침묵하고 있습니다.
그는 자기의 멜로디에서
스스로를 되찾고 싶어 합니다.
그때 나는 그의 무릎을 향해 갑니다.

그리고 그의 노래들이 살랑대는 소리를 내며
그의 내면으로 흘러 들어갑니다.[71]

---

71) 『기도시집』 1부 초고의 산문 (1899년 10월 14일) "오래된 연대기에서 수도자는 맹인 노가수들에 대한 글을 읽은 적이 있다. 그들은 오래전 넓은 우크라이나에 저녁이 깃들면 오두막 사이를 걸었다. 수도자는 그러나 이렇게 느낀다. 지금 고령의 어느 음유시인이 시골을 지나 문턱이 황폐화되고 인적이 끊겨 조용하기만 한 고독으로 각인된 문들을 향해 가고 있다. 그리고 그 뒤편에 살면서 깨어 있는 자들로부터 그는 자신의 많은 노래를 도로 빼앗아 그것들을 마치 우물 안으로 그렇게 하듯 자신의 먼눈 안으로 가라앉힌다. 왜냐면 빛 속으로 바람과 함께 가기 위해서 노래들이 그를 떠났던 시절은 지나가 버렸기 때문이다. 모든 울림은 회귀이다." 참조.

제2권

순례의 책
Das Buch von der Pilgerschaft
(1901)

폭풍의 무게가 당신을 놀라게 하지 않습니다. ―
당신이 폭풍이 커지는 것을 보았습니다만. ―
나무들이 도망칩니다. 그것들의 도주는
걸어가는 가로수 길을 만듭니다.
그때 당신은 압니다, 그것들이 도망치며 피하는 것은
당신이 다가가려는 그 존재라는 것을.
그리고 당신이 창가에 서면,
당신의 감각들은 그를 노래합니다.

여름의 몇 주는 멈춰 있었습니다,
나무들의 피가 솟아올랐습니다.
이제 당신은 느낍니다, 그것이 모든 것을
행하는 존재의 안으로 떨어지려고 하는 것을.
당신이 열매를 잡을 때,
당신은 힘을 인식했다고 믿었습니다.
이제 그 힘은 다시금 수수께끼가 되고
당신은 다시 손님이십니다.

여름은 그처럼 당신의 집과 같았습니다,
그 안에 모든 것이 서 있는 것을 당신은 압니다 ―
이제 당신은 거기서 나와 평원으로 들어서듯
당신의 가슴 안으로 들어가야만 합니다.
위대한 고독은 시작되고
날들은 무감각해집니다.

당신의 감각에서 바람은
시든 잎사귀처럼 세상을 가로챕니다.

감각의 텅 빈 가지들 사이로
당신이 지닌 하늘이 봅니다.
이제 하늘에 적합한
대지가 되고 저녁 노래와 땅이 되시라.
이제 현실로 익어 가는
하나의 사물처럼 겸손해지기를, —
하여 기별의 진원이었던 그 존재가
당신을 붙잡을 때, 당신을 느낄 것입니다.

나는 다시 기도합니다, 고귀하신 당신이여,
당신은 바람결을 따라 나의 소리를 들으십니다.
나의 마음속 깊이는 한 번도 사용된 적이 없는
속삭이는 말에 숙달되어 있기 때문입니다.

나는 산만했습니다, 절대자들을 맞아서
나의 자아는 조각조각으로 나누어졌습니다.
오 신이시여, 모든 웃는 자가 나를 웃음거리로 삼았고
모든 술꾼은 나를 마셨습니다.

마당에서 나는 나를 거두어들였습니다,

쓰레기에서 그리고 오래된 유리잔에서.
절반 열린 입으로 당신을 더듬거리며 불렀습니다,
조화로 이루어진 영원한 이, 당신을.
내가 당신을 보았던
두 눈을 내가 다시 찾게 해달라고,
뭐라 이름할 수 없는 간청으로 당신에게
나는 얼마나 나의 절반쯤 펴진 손을 내밀었던가요.

나는 불타고 난 후의 집이었습니다.
그 안에서는 굶주린 형벌들이
땅으로 몰아내기 전,
살인자들만이 가끔 잠을 잤습니다.
나는 바닷가의 한 도시와 같습니다.
시체처럼 무겁게
어린아이들의 두 손에 매달려 있었던
어떤 전염병이 습격했던 그런 도시 말입니다.

나는 마치 다른 사람인 듯 나 자신에게 낯설었습니다,
그리고 그 어떤 누구에 대해서 아는 것은 다만
나의 젊은 어머니가 나를 잉태했을 때, 그가
한때 그녀를 괴롭혔다는 것과
조여든 그녀의 심장이
매우 고통스럽게 나의 싹을 움트게 했다는 것뿐이었습니다.

이제 나의 치욕의 모든 조각으로
나는 다시 불구가 되었습니다.
그리하여 나를 하나의 사물처럼 조망하는
어떤 유대를, 어떤 일치하는 오성을[1] —
당신의 가슴의 위대한 두 손을 —
나는 갈망합니다.
(오 그 두 손이 나를 향해 다가온다면 얼마나 좋을까요)
나는 나를 계산에 넣고 있습니다, 나의 신이시여, 그리고 당신은,
당신은 나를 허비할 권리를 가지고 계십니다.

나는 수도자의 옷차림으로 당신 앞에
무릎을 꿇었던 바로 그 사람입니다.
당신이 채워주시는, 당신을 발견했고
신심 깊이 섬기는 젊은 수도자입니다.
세상이 불어와 지나가는,
고요한 작은 방에서 나오는 목소리, —
그리고 당신은 여전히 모든 사물의 위로
번져가는 물결이십니다.

다른 것은 아무것도 존재하지 않습니다. 가끔 땅들이
거기서 솟아오르는 오직 바다만이 존재합니다.

---

1) 외부로부터의 자아–통합의 모델이다. 종합하는 관찰자 — 사랑하는 당신, 시인 또는 신 — 를 통해서 단막극 「백의의 후작부인」 제2판본에서 상세하게 전개된다.

아름다운 천사들과 바이올린의
침묵 이외 다른 것은 아무것도 존재하지 않습니다.
그리고 과묵한 자는
그의 세력의 빛으로 무거워져
모든 사물이 그에게로 기울고 있는 자입니다.

당신은 도대체 일체이시고, — 나는
헌신하면서 분개하기도 하는 그런 사람인가요?
나는 도대체 보통의 존재가 아닌가요?
내가 운다면, 나는 일체적인 존재가 아닌가요?
그리고 당신은 그것을 듣고 있는 한분인가요?

당신은 내 곁에서 도대체 무엇인가를 듣고 계십니까?
나의 목소리 말고 거기에 다른 목소리들이 있습니까?
거기에 폭풍 같은 것이 있나요? 나 역시 하나의 폭풍입니다.
그리고 나의 숲들은 당신에게 손짓을 합니다.

당신께서 나에게 귀 기울이는 것을 방해하는
병든, 작은 노래가 있다면, —
나 역시 하나의 노래이니, 나의 노래를 들으소서,
쓸쓸한 그리고 들어 본 적이 없는 나의 노래를.

나는 불안해하면서 당신에게 가끔
당신은 누구이신지를 물었던 바로 그 사람입니다.

매번 해가 지고 나면[2]
나는 상처를 입고 외톨이가 됩니다.
나는 모든 것에서 분리된 창백한 자
어떤 무리의 뿌리침을 당한 자입니다.
그리고 모든 사물은 내가 갇혔던
수도원들처럼 서 있습니다.
그럴 때면 나는 당신을 필요로 합니다, 봉헌 받으시는 분, 당신이여,
온갖 고난의 다정한 이웃이시며,
나의 고뇌의 조용한 분신이시여,
그대 신이시여, 그럴 때면 나는 당신을 빵처럼 필요합니다.
어쩌면 당신은 잠들지 못하는
사람들에게 밤이 어떠한지를 모르실 겁니다.
그들은 모든 부당한 대접을 받은 자들,
노인, 처녀 그리고 어린아이입니다.
그들은 검은 사물들로 가까이 둘러싸여
마치 죽음의 선고를 당한 듯이 소스라쳐 일어납니다.
그리고 그들의 하얀 손들은
수렵도(狩獵圖) 안으로 짜 넣어진 개처럼
거친 삶으로 짜 넣어진 채 떨고 있습니다.
지나간 과거는 아직 눈앞에 서 있고
미래에는 시체들이 누워 있습니다.
외투를 입은 한 남자가 문을 두드립니다.

---

2) 이 제2권의 첫 장에서의 소외와 불협화의 경험들을 통해서 밤의 모티브와 같은 지금까지의 긍정적인 모티브들이 부정적인 것으로 바뀐다. 밤의 불안들이 인상적인 묘사로 나타나는 것이다.

그리고 눈과 귀에게
아직은 어떤 첫 아침의 징조도 없으며,
닭 울음소리 하나 아직 들리지 않습니다.
밤은 하나의 커다란 집과도 같습니다.
상처 입은 두 손의 불안과 함께
그들은 문을 벽 안으로 뚫어냅니다. ―
그러면 끝없이 복도가 나타나지만,
어디에도 밖으로 나가는 문은 없습니다.

그리고, 나의 신이시여, 매일의 밤이 그렇습니다.
가고 또 가지만 당신을 발견하지 못하는
그런 사람들은 항상 깨어 있습니다.
당신은 이들이 눈먼 자의 발걸음으로
어둠을 밟는 소리를 듣고 계십니까?
아래로 나선형으로 나 있는 층계 위에서
그들이 기도하는 소리를 당신은 듣고 계십니까?
그들이 검은 돌 위에서 쓰러지는 소리를 듣고 계십니까?
당신은 그들이 우는 소리를 들어야만 합니다. 그들이 울고 있으니까요.

나는 당신을 찾고 있습니다, 그들이 나의 문을
지나가고 있기 때문입니다. 나는 그들을 거의 볼 수 없습니다.
어둡고 밤보다도 더 밤 같은 그분이 아니라면,
내가 누구를 부르겠습니까.
등불도 없이 깨어 있으면서도 두려워하지 않는

그 유일하신 분, 아직도 빛이 비위를 맞추지 않은
그 깊으신 분, 나무들로 대지를 뚫고 나오기 때문에
그리고 그가 은근히
향기로서 나의 숙인 얼굴로
대지로부터 솟아오르기 때문에 내가 알고 있는
그분이 아니라면.

영원하신 분, 당신이여, 당신은 나에게 당신을 보여 주셨습니다.
나는 사랑하는 아들처럼 당신을 사랑합니다.
그는 언젠가 한번 어린아이로 나를 떠난 적이 있습니다.
운명이 그를 땅들이 모두 그 앞에서 계곡이 되는
왕좌로 불렀기 때문이었습니다.
나는 다른 아들을 더 이상 이해하지 못하고
자신의 씨앗의 의지가 향하고 있는
새로운 사물들에 대해서 거의 아는 것이 없는
늙은이처럼 뒤에 쳐져 있었습니다.
나는 가끔 그처럼 많은 낯선 배를 타고 가는
당신의 깊은 행복을 위해서 걱정합니다.
나는 가끔 당신이 당신을 크게 길러 준
이 어두움 안으로, 내 안으로 돌아오기를 원합니다.
나는 내가 시간에 너무도 몰두하게 되면,
당신이 더 이상 존재하지 않을까 가끔 두렵습니다.
그럴 때 나는 당신에 대해 읽습니다. 복음사가는

여기저기에 당신의 영원함에 대해 써놓았으니까요.

나는 아버지입니다. 그렇지만 아들은 그 이상의 존재입니다.
그는 아버지였던 것 모두이며,
아버지가 되지 못했던 이가 아들을 통해서 위대해질 것입니다.
아들은 미래이며 회귀입니다.
아들은 자궁이며, 바다입니다 …

당신에게 나의 기도는 결코 모독이 아닙니다.
마치 내가 옛 책들에서 당신과 수천 가지로 매우 —
마음이 상통한다는 것을 찾아보기라도 한 것처럼.

나는 당신에게 사랑을 주려고 합니다. 사랑과 사랑을 …

사람들은 도대체 한 아버지를 사랑하나요? 당신이 나에게서 떠났듯이,
사람들도 얼굴에 굳은 표정을 하고
그의 곤궁하게 텅 빈 손에서 떠나지 않나요?
사람들은 그의 시든 말을 읽지도 않는
옛 책들 안에 소리도 없이 끼워 넣지 않나요?
사람들은 마치 한 근원의 물이 갈라지는 지점에서처럼
저마다의 가슴에서 기쁨과 고통으로 갈라져 흐르지 않나요?
우리에게 아버지는 도대체 과거에 *존재했던* 바로 그 존재가 아닌가요?
낯설게 생각되는 흘러가 버린 세월,

낡은 몸짓, 못 입게 된 의복,
시들어 버린 손 그리고 색바랜 머리카락은 아닌가요?
그리고 그가 자신의 시대에는 영웅이었다 해도
우리가 자라면 그는 떨어지는 나뭇잎입니다.

그리고 그의 세심함은 우리에게는 하나의 요정과도 같습니다.
그리고 그의 목소리는 우리에게는 하나의 돌과도 같습니다 —
우리는 그의 말에 고분고분 따르고 싶습니다.
그러나 우리는 그의 말을 어설프게 듣습니다.
그와 우리 사이의 거대한 드라마는
서로를 이해하기에는 너무도 크게 소음을 내고 있습니다.
우리는 다만 그의 입 모양만을 봅니다,
거기서 음절들이 떨어지고, 그것들은 사라지고 맙니다.
사랑이 우리를 멀게나마 연결시키고 있지만
우리는 멀다고 할 이상으로 그에게서 멀리 떨어져 있습니다.
지구상에서 그가 죽어야만 할 때 비로소,
우리는 그가 이 지구상에 살았음을 알게 될 것입니다.

이것이 우리에게는 아버지입니다. 그런데 내가 — 내가
당신을 아버지라 불러야 하겠습니까?
이것이 나에게 당신에게서 떨어지라고 명령하는 듯합니다.
당신은 나의 아들입니다. 나는 당신을 알아보게 될 것입니다.
아이가 성인이 되고, 늙은이가 되어도

우리가 자기의 유일하게 사랑하는 아이를 알아보듯이 말입니다.

나의 두 눈의 빛을 끄소서, 그래도 나는 당신을 알아볼 수 있습니다.

나의 두 귀를 꽉 막으소서, 그래도 나는 당신의 목소리를 들을 수 있습니다.

두 발이 없어도 나는 당신에게로 갈 수 있습니다.

입이 없어도 나는 당신을 불러낼 수 있습니다.

내 팔을 부러뜨리소서, 나는 마치 손을 가지고 하듯이

나의 가슴으로 그대를 품어 안을 것입니다.

나의 심장을 움켜쥐소서, 그러면 나의 뇌가 고동칠 것입니다.

그리고 당신이 나의 뇌 안으로 불길을 던지면,

나는 당신을 나의 피에 실어 나를 것입니다.

그리고 나의 영혼은 당신 앞에 선 한 여인입니다.

그리고 나오미의 며느리, 룻과 같습니다[3].

그녀는 낮에는 깊이 봉사하는 시녀처럼

당신의 볏단들 주변을 돌아봅니다.

---

3) 이 시편을 떠받치고 있는 비유는 구약성서 「룻기」에 근거하고 있다. 룻과 그녀의 시어머니 나오미는 각자의 남편이 죽고 나자 영락한 신세로 베들레헴으로 돌아온다. 룻은 가족과 친척 간인 부유한 보아스의 밭에서 이삭을 줍는다. 룻은 보아스로부터 극진한 대접을 받는다. 이에 따라 룻의 시어머니는 룻에게 충고한다. "너는 목욕을 하고, 향수를 바르고, 고운 옷으로 몸을 단장하고서, 타작마당으로 내려가거라. […] 보아스가 잠자리에 들 때에, […] 다가가서 그의 발치를 들치고 누워라."(룻기, 3장 3, 4절) 룻은 충고대로 한다. 보아스가 한밤중에 누가 있는 것을 눈치 채고 누구냐고 묻는다. 그녀는 대답한다. "어른의 종 룻입니다. 어른의 품에 이 종을 안아 주십시오. 당신은 상속자이기 때문입니다.(본래는 "구제자", 즉 가족의 재산을 대리 상속받고, 결혼을 통해서 자손이 없는 과부를 대를 잇지 못한 상태에서 구원하는 자) 보아스는 그녀를 구제하기를 약속한다. 그녀는 아침이 될 때까지 그의 발치에서 잠잔다. 다음날 보아스는 나오미의 밭을 상속받고 룻을 아내로 맞는다.(이 시편의 6—8행과 10—12행은 루터의 번역을 문자 그대로 인용하고 있다)

그러나 저녁에는 밀물 안으로 솟아오릅니다.
그리고 몸을 씻고 매우 잘 차려입고서,
당신 주변의 모든 것이 쉴 때, 당신에게로 갑니다.
그리고 가서 당신의 발치에서 모습을 나타내 보입니다.

그러면 한밤중에 당신은 그에게 묻습니다. 그녀는
심오하지만 간결하게 말합니다, 나는 시녀 룻입니다,
당신의 옷자락으로 당신의 시녀를 덮어 주소서.
당신은 상속자이십니다 …

그리고 나의 영혼은 당신의 발치에서
날이 샐 때까지 당신의 피로 따뜻해져 잠듭니다.
그리고 당신 앞의 한 여인입니다. 그리고 룻과 같습니다.

당신은 상속자입니다.
아들들은 상속자들입니다,
아버지들은 죽으니까요.
아들들은 일어서 꽃을 피웁니다.
　　　당신은 상속자입니다.

그리고 당신은 과거의 정원의 초록색과
무너져 내린 하늘의 고요한 파란색을

상속받으십니다.

수많은 나날의 이슬,

태양을 말하는 수많은 여름,

그리고 어느 젊은 여인의 많은 편지처럼

광채와 비탄을 함께하는 순수한 봄을.

당신은 시인들의 기억 안에 화려한 의상처럼 자리잡고 있는

가을들을 상속받으십니다.

그리고 모든 겨울이, 고립된 땅들처럼

조용히 당신에게 몸을 기대는 것처럼 보입니다.

당신은 베네치아와 카잔[4]과 로마를 상속받으십니다.

피렌체는 당신의 것이 될 것입니다, 피사의 대성당,

트로이츠카 라브라[5]와 키이우의 정원들 가운데

통로의 엉킴을, 어둡고 뒤엉킨 채, 만들고 있는

동굴 수도원을 당신은 상속받으십니다.[6] —

회상처럼 종소리 울리는 모스크바,[7] —

그리고 화음은 당신의 것이 될 것입니다. 바이올린, 호른, 취주악기의 리드,

그리고 가슴 깊이 울렸던 모든 노래는

보석처럼 당신에게서 반짝거릴 것입니다.

당신을 위해서 시인들은 틀어박혀서

---

4) 타타르의 중심도시. 릴케는 1900년 6월 28일 이곳을 방문했다.
5) 라브라는 러시아어에서 대성당을 이르는 단어이다. 릴케는 세르게이—트르이츠카 대성당을 1900년 5월 28일 방문했다.
6) 여기에 거명되고 있는 장소들은 릴케의 생애기와 연관이 있는 곳들이다.
7) 크레믈린 궁의 종소리는 1899년 릴케에게 특별히 인상적이었다. "나의 목소리는 크레믈린 궁의 종소리 안으로 사라져 버렸다. 그리고 나의 눈에는 둥근 지붕의 황금빛 광채 이후 아무것도 더 이상 보이지 않는다."
(1899년 5월 2일, H. Woronin에게) 참조.

그림들을, 쇄쇄 소리를 내는, 풍요로운 그림들을 모읍니다.

그리고 밖으로 나가서는 비유를 통해서 성숙합니다.

그리고 그들은 전 생애를 통해서 그처럼 고독합니다 …

그리고 화가들은 그들의 그림만을 그릴 뿐입니다.

이로써 당신이 불멸로 창조했던 자연을

당신이 영원히 되돌려 받습니다.

모든 것은 영원해집니다. 보십시오, 그 여인은

오래전에 마돈나 리자[8]에게서 포도주처럼 숙성되었습니다.

여인은 더 이상 존재하지 않을 것이 틀림없어 보입니다,

새로운 것이 새로운 여인을 결코 더 하지는 않으니까요.

짓는 이들은 당신과 같습니다.

그들은 영원을 원합니다. 그들은 말합니다, 돌이여,

영원하라고. 그리고 그 말은 당신의 것이 되라!는 말입니다.

사랑하는 이들 역시 당신을 위해서 수집합니다.

그들은 짧은 시간의 시인들입니다.[9]

그들은 표정 없는 입에 입을 맞추어서

미소를 일깨웁니다. 그들이 그 입을 더 아름답게 만들기라도 했다는 듯이,

그리고 기쁨을 가져다줍니다. 그리고 그들은 이제 막 성숙하게 만드는

고통에 익숙한 자들입니다. 그들은 그들의 웃음 속에 고통을 함께 가져오고,

잠자고 또 깨어나는 동경을 날라옵니다,

낯선 가슴에서 울음을 터뜨리기 위해서입니다.

---

8) 레오나르도 다 빈치의 모나리자
9) "사랑하는 이들"과 "시인들"의 동일화는 릴케에게서 예술은 항상 삶의 실행의 한 특별한 형식에 지나지 않는다는 사실을 확인해 준다.

그들은 수수께끼와 같은 것을 쌓아 올리고는 죽습니다,
영문도 모른 채 마치 동물처럼 죽는 것입니다. ―
그러나 그들은 어쩌면 손자들을 두게 될 것이며,
손자들을 통해서 그들의 초록색 생명은 익어 갈 것입니다.
이들을 통해서 당신은 그들이 맹목적으로
그리고 잠결에 주고받았던 그 사랑을 상속받게 될 것입니다.

그렇게 사물들의 넘침이 당신을 향해 흐릅니다.
그리고 분수대의 위쪽 물받이가
마치 머릿단에서 풀려나온 머리카락처럼
가장 낮은 물받이로 끊임없이 흘러내리듯이, ―
사물들과 생각들이 넘치면
딩신의 충만은 당신의 계곡으로 떨어져 내립니다.

나는 당신의 보잘것없는 존재들 중 하나일 뿐입니다,
나는 골방에서부터 삶을 들여다보고
사물들보다 사람들에게서 더 멀리 떨어져,
무슨 일이 일어나는지 생각조차 하지 못하고 있습니다.
그렇지만 당신은 두 눈을 어둡게 치켜뜨고 있는
당신의 얼굴 앞에 나를 두고 싶어 하십니다.
그렇다면 내가 당신에게 아무도 자기 삶을 살고 있지 않다고 말한다면,
그것을 나의 오만으로 생각지 말아 주십시오.
사람들, 목소리, 토막들,

일상적인 것, 불안들, 많은 자잘한 행복들은 우연한 일들입니다.
이미 어린아이로 변장하고, 위장하여,
가면으로 성인이 되어, 얼굴로서 — 침묵합니다[10].

나는 자주 생각합니다, 모든 이러한 많은 삶이 들어 있고,
어떤 현실적인 자도 오른 적이 없는
철갑 전차 또는 가마 또는 요람과도 같으며,
온전히 혼자로는 설 수 없으며,
아치형의 돌로 된 단단한 벽에
가라앉으며 달라붙은
제의와 같은 창고들이 틀림없이 있을 것이라고 말입니다.

 그리고 내가 그 안에서 지쳐 있는 나의 정원에서 나와
저녁이면 항상 계속 간다고 하면, —
그때는 모든 길이 살아본 적이 없는
사물들의 무기고로 이어진다는 것을 나는 알고 있습니다.
거기에는 땅이 잠을 자고 있기라도 하듯 한 그루의 나무도 없습니다.
그리고 감옥의 주변을 둘러싸듯 벽들이
창문도 없이 일곱 겹으로 쳐져 있습니다.
그리고 벽의 문들은 철봉으로
거기로 들어가려는 사람들을 막고 있으며,
그 문의 창살은 인간들의 손과도 같습니다.

---

10) 고유하지 않은 역할로서의 "가면" 대 잃어버린 고유성으로서의 "얼굴"의 대칭은 『말테의 수기』에서 상세히 서술된다.

90

그렇지만, 각자가 자신을 미워하고 붙잡아두고 있는
감옥에서부터인 양 자신을 벗어나려고 애쓸지라도
세상에는 하나의 거대한 기적이 있습니다.
나는 느낍니다, 모든 삶은 살아내 지고 있다고 말입니다.

누가 도대체 그 삶을 사나요? 그것은
연주되지 않은 멜로디처럼
저녁에 하프 안에 들어있는 듯이 서 있는 사물들인가요?
그것은 바다에서 불어오는 바람들,
서로 신호를 주고받는 나뭇가지들,
향기를 엮어내는 꽃들,
노쇠해 가는 긴 가로수 길인가요?
그것은 걷고 있는 따뜻한 동물들,
어색하게 날아오르는 새들인가요?

도대체 누가 그 삶을 살고 있나요? 신이시여, 당신이 살고 있나요 ― 그 삶을?

당신은 그을음으로 그을린
머리카락을 한 노인입니다,
당신은 손에 망치를 든
위대하며 수수한 존재입니다.
당신은 항상 모루 곁에 서 있었던
대장장이, 세월의 노래입니다.

당신은 한 번도 일요일이 없는
일에 파묻힌 존재입니다.
당신은 아직은 빛이 나지도 않고 매끄럽지도 않은
칼로 인해서 죽을 수도 있는 존재입니다.
우리 곁에 물레방아가 서 있고 톱이 있으며
모두가 취해서 게으름을 피우면
우리는 도시 안에 있는 모든 종에서
당신의 망치 두드리는 소리를 듣습니다.

당신은 성년이며, 장인입니다.
그리고 아무도 당신이 배우는 것을 본 적이 없습니다.
미지의 존재, 여행에서 돌아온 분,
언제는 속삭이듯, 언제는 불손하게
당신에 대한 평판과 소문이 떠돕니다.

당신을 추측하는 소문들이 떠돌고,
당신을 지워버리는 의심들이 떠돕니다.
게으른 자들과 꿈 속을 헤매는 자들은
그들 자신의 격정을 믿지 않으며
산들이 피 흘리기를 원합니다.
그러기 전에는 그들은 당신을 믿지 않기 때문입니다.

그러나 당신은 당신의 시선을 떨구십니다.

당신은 위대한 심판의 표지로서
산들의 핏줄들을 잘라 낼 수 있을는지 모릅니다.
그러나 당신에게
이교도들은 하나도 걸리는 것이 없습니다.

당신은 온갖 간계와 싸우려 하지 않으며
빛의 사랑도 구하려 하지 않습니다.
왜냐면 당신에게
기독교도들은 하나도 걸리는 것이 없기 때문입니다.

당신에게는 묻는 자들이 하나도 걸리는 것이 없습니다.
부드러운 낯빛으로
당신은 견디어 내는 자를 바라봅니다.

당신을 찾고 있는 모두는 당신을 시험합니다.
그리고 그렇게 당신을 발견한 이들은 당신을
그림과 몸짓에 연결합니다.

그러나 나는 대지가 당신을 붙잡듯이
당신을 붙잡으려고 합니다.
나의 성숙과 더불어

당신의 나라도
성숙합니다.

나는 당신을 증명하는
어떤 허영도 당신에게 바라지 않습니다.
나는 시간이
당신과는 달리
불린다는 것을 알고 있습니다.

나를 위해서 어떤 기적도 행하지 마소서.
종족에서 종족으로
더욱 선명한
당신의 법칙들[11]을 옳다고 시인하소서.

무엇인가가 창에서 나에게 떨어지면
(그것이 아주 작은 것이라고 할지라도)
얼마나 중력의 법칙이 바다에서 부는 바람처럼
모든 공과 딸기에
강력하게 돌진하여
이것들을 세계의 핵심으로 끌고 가는지요.

각각의 사물은 날 준비가 된

---

11) 가장 넓은 뜻에서 자연의 법칙들. 다음 시편에서의 "중력의 법칙"도 마찬가지이다.

호의(好意)로부터 감시를 받고 있습니다.

각각의 돌과 각각의 꽃

그리고 한밤중의 각각의 작은 아이가 그러하듯이.

우리만이, 우리의 오만에서,

몇몇의 연관들에서 빠져나와

자유의 텅 빈 공간으로 몰려갑니다.

현명한 힘에 몸을 맡기고

마치 한 그루의 나무처럼 스스로 일어나는 대신에.

가장 폭이 넓은 선로에

조용히 그리고 기꺼이 가담하는 대신에,

사람들은 여러 방식으로 결합됩니다. ―

그리고 모든 동아리에서 제외된 이는

지금 이루 말할 수 없이 고독합니다.

그렇다면 그는 사물들로부터 배워야만 합니다.

어린아이처럼 다시 시작해야만 합니다.

신의 마음에 매달려 있었던 사물들은

그로부터 떠난 적이 없기 때문입니다.

날기에서 모든 새를 능가한다고

주제넘게 우쭐대었던 자,

그는 한 가지를 다시 할 수 있어야만 합니다, *추락하기*,

그리고 참을성 있게 중력 가운데 머무는 것.

(천사들 역시 더 이상 날지 않기 때문입니다.

그를 둘러싸고 앉아서 생각에 잠겨 있는
칠품천사들은 몸이 무거운 새들과 같습니다.
그들은 성장이 정지된 것처럼, 새들의,
펭귄의 잔해들과도 같습니다.…)

당신은 순종을 말씀하십니다. 조용히
당신을 이해하는 가운데 고개를 떨구는 순종.
그렇게 저녁이면 젊은 시인들은
호젓한 가로수 길을 걷습니다.
그렇게 농부들은 어린아이를 죽음으로 잃었을 때,
시신을 둘러싸고 서 있습니다.[12] —
그리고 일어나는 일은 역시 같은 일,
하나의 거대한 일이 일어납니다.

당신을 처음으로 알아본 사람을,
이웃과 시계(時計)가 불편하게 합니다.
그는 당신의 자취를 찾아서, 짐을 짊어지고 나아가듯
머리를 구부린 채 갑니다.
한참이 지나서야 그는 자연에 다가서
바람과 먼 곳을 느끼고,
들판에서 속삭여지는 당신의 소리를 듣고,

---

12) 릴케는 그의 『보르프스베데』 — 5인 화가의 전기에서 묘사하고 있는 마켄센(Mackensen)의 그림, 「장례를 치르는
가족」에서 자극을 받아 쓴 구절이다. 『보르프스베데』에 그는 이렇게 서술했다. "이 사람들은 마치 아이가 익사한 어
느 연못가에 서 있는 것처럼, 작은 시신 주위에 둘러서 있다."

별들이 부르는 노래에서 당신의 모습을 봅니다.
그리고 어디에서건 당신을 잊을 수 없게 됩니다.
그리고 모든 것은 당신의 외투일 뿐입니다.

그에게 당신은 새롭고 가까우며 착하신 분입니다.
그리고 그가 조용한 배 안에 앉아 가볍게
큰 강을 따라 가는
여행처럼 너무나도 아름답습니다.
땅은 넓고, 바람 가운데, 바로,
크기 이룰 데 없는 하늘에 자신을 내맡기고
오래된 숲들에 복종합니다.
다가오는 작은 마을들은
종의 울림처럼
그리고 어제와 오늘처럼
그리고 우리가 보았던 모든 것처럼 다시 사라집니다.[13]
그러나 이러한 강의 흐름에 접하여
항상 반복해서 도시들이 일어나며
날개를 타고 하듯이
장엄한 여행을 마중합니다.

 그리고 가끔 배는 마을과 도시가 없이
고독하게 물결 곁에서 무엇인가를 —

---

13) 이 여행의 경로는 릴케의 볼가강 선상여행(1900. 6.24—7.2)의 추억을 반영한다.

고향이 없는 자[14]를 기다리고 있는
장소를 향합니다.
그를 위해서 거기에는 작은 마차들이 서 있습니다.
(마차마다 세 마리의 말이 끕니다)
이 마차들은 사라져 버린 길을 따라서
저녁을 향해서 숨 가쁘게 달려갑니다.

이 마을에는 마지막 집이 서 있습니다.
세상의 마지막 집인 것처럼 외롭게.

작은 마을이 붙잡지 않는 길은
천천히 계속해서 밤 안으로 뻗어 갑니다.

작은 마을은 두 개의 먼 곳 사이의
통과지점일 뿐입니다. 예감과 불안으로 가득한,
오솔길 대신 집들을 스쳐 지나가는 하나의 길.

그리고 마을을 떠난 이들은 오랫동안 방랑할 것입니다.
그리고 많은 이들은 어쩌면 도중에 죽게 될 것입니다.

---

14) 다음에 이어지는 시편들에서 계속되는 순례 모티브의 시작. 릴케는 러시아를 그가 고향처럼 느꼈던 최초의 나라라
고 반복해서 말했다.

때로는 누군가가 저녁 식사 때 자리에서 일어나
밖으로 나가, 가고 또 가고 또 갑니다, ─
교회가 동쪽 어디엔가에 있기 때문입니다.

그리고 그의 아이들은 그가 죽었다고 여기고 명복을 빕니다.

그리고 자기 집에서 죽은 누군가는
그 안에서 계속 살고, 식탁과 유리장 안에 머뭅니다.
그리하여 아이들은 세상 밖으로 나가
그가 잊었던 그 교회로 돌아갑니다.

야경꾼은 광기(狂氣)입니다,
그는 깨어 있으니까요.
매시간 그는 웃으면서 그대로 서 있습니다,
그리고 밤을 위한 어떤 이름을 찾습니다.
그리고 밤을 이렇게 부릅니다, 일곱, 스물여덟, 열 …

그리고 그는 트라이앵글을 손에 들고 있습니다,
그리고 그가 떨고 있기 때문에, 그가 볼 줄 모르는
각적(角笛)의 가장자리를 트라이앵글이 건드립니다.
그리고 모든 집에서 들을 수 있도록 그는 노래를 부릅니다.

아이들은 편안한 밤을 보내며

꿈길에서 광기가 깨어 있음을 듣습니다.
그러나 개들¹⁵⁾이 사슬을 끊고
집들 사이를 크게 돌아다닙니다.
그리고 광기가 지나갔을 때, 몸을 떨고,
그 광기가 되돌아올까 두려워합니다.

나의 주님이시여, 당신은 그 성자들¹⁶⁾을 아십니까?

그들은 밀폐된 수도원의 방들조차
웃음소리와 고함소리에 너무 가깝다고 느껴
그들은 땅속 깊이 파고 들어가 묻혔습니다.

각자는 자신의 불빛을 들고
자기의 구덩이 안에서 작은 공기를 내쉬었으며
자신의 나이와 얼굴을 잊고
마치 창 없는 집처럼 살았으며
오래전에 죽기라도 했다는 듯이 더 이상 죽지 않았습니다.

---

15) 현존을 확실하게 하기 위해서 인간에게 접근하지만, 이로 인해서 불안해지는 동물인 개.
16) 그들의 미이라가 된 잔해들이 키이우의 페체르스크 구역에 있는 11세기 말에서 12세기 초에 세워진 페체르스크 수도원에 안치되어 있다. 은자 안토니우스가 드니프로강의 가파른 가변에 있는 한 동굴에 정착했고, 차츰 다른 은둔자들도 그를 따라 들어왔다. 후일 사람들은 세속을 벗어난 수도원을 세웠고 동굴을 유해안치소로 사용했다. 릴케는 1900년 두 번째 러시아 여행 때, 6월 2일과 3일 이 수도원을 방문했다. "몇 시간씩이나 사람들은 (중간쯤 키를 가진 사람보다 높지 않고, 어깨 넓이 이상으로 넓지 않은) 통로를 따라, 성자들과 기적을 행한 이들, 그리고 성스러운 광기 때문에 고립된 이들이 살았던 작은 방들을 지나 발길을 옮깁니다. […] 이곳은 전 제국에서 가장 성스러운 수도원입니다. 나는 타오르는 촛불을 손에 들고, 이 통로로 모두를 섭렵했습니다. 한 번은 혼자서 그리고 다른 한 번은 기도하는 민중에 섞여서 말입니다."(1900년 6월 8일, 어머니에게) 참조.

그들은 거의 읽지 않았습니다, 책 마다에
서리가 서리기라도 하듯 모든 것은 시들었습니다.
그리고 수도복이 그들의 뼈에 매달려 있듯이
의미도 매 말마디에 매달려 있었습니다.
그들은 서로 간에 더 이상 말을 걸지 않았습니다.
그들이 깜깜한 통로에서 서로를 느꼈을 때,
그들은 그들의 긴 머리카락을 늘어뜨렸으며,
어느 누구도 자신의 옆 동료가 선 채로
죽어가는 것은 아닌지를 몰랐습니다.
              은빛 등들이 향유로 밝혀진
한 둥근 공간에,
가끔은 황금빛 문과 황금빛 정원 앞에
동료 수도자들이 함께 모여서
불신으로 가득한 채 꿈속을 들여다보았고
긴 수염으로 나지막하게 바스락거리는 소리를 냈습니다.

더는 밤과 밝음으로 나누어지지 않은 이래로
그들의 삶은 수천 년처럼 컸습니다.
그들은 파도에 둥그러지듯
그들의 어머니의 자궁으로 되돌아갔습니다.
그들은 커다란 머리와 작은 손을 한
태아처럼 둥글게 몸을 구부린 채 앉아 있었습니다.
그리고 그들을 검게 감싸고 있는, 그 대지에서
양분을 취하기라도 하듯, 아무것도 먹지를 않았습니다.

이제 사람들은 도시와 초원을 떠나
수도원으로 밀려드는 수많은 순례자에게 그들을 보여 줍니다.
그들은 삼백 년 전부터 누워있습니다.
그리고 그들의 육신은 분해될 수가 없습니다.
어두움은 그을음을 피우고 있는 빛처럼
천 아래 은밀하게 간직되어
그들의 오래 누워 쉬고 있는 형상체 위로 쌓입니다. ─
그리고 그들의 손의 풀리지 않은 깍지는
산맥처럼 그들의 가슴 위에 놓여 있습니다.

숭고의 위대하고 연노한 대공(大公)이신 당신이여,
그들이 땅속 깊숙이 숨어들었기 때문에
당신은 이 땅속에 묻힌 이들을
그들을 완전히 소모하는 죽음으로 보내신 것을 잊으셨습니까?
스스로를 죽은 이들과 비교하는 그들이
불멸에 가장 많이 닮은 것입니까?
시간의 죽음보다 오래 살아야 하는
당신의 시신들의 생명이 그것인가요?

그들은 여전히 당신의 계획들에 비춰 당신에게 만족스러운가요?
어떤 척도로도 잴 수 없는 당신이
언젠가는 당신의 피로 가득 채우고자 하는
불멸의 그릇을 얻으셨나요?

당신은 미래이십니다, 영원의 평원 위의
위대한 서광이십니다.
당신은 시간의 밤이 지난 뒤의 닭 울음소리,
이슬, 아침 미사 그리고 소녀,
낯선 남자, 어머니 그리고 죽음이십니다.

당신은 변하는 형상이십니다.
운명[17]에서 언제나 고독하게 솟아올라
환호의 소리도 그리고 비탄의 소리도 없이
그리고 야생의 숲처럼 미지의 상태로 머무십니다.

당신은 사물들의 깊은 진수(眞髓)이십니다.
자신의 본질의 마지막 말을 숨기고
상대방들에게는 항상 다르게 모습을 보이십니다.
배에게는 해안으로서 그리고 육지에게는 배로서 말씀입니다.

당신은 상흔(傷痕)의 수도원입니다
단백석과 호박(琥珀) 조각으로
담이 둘러쳐진 서른두 개의 오래된 대성당[18]과

---

17) 경험적-역사적인 '현재'와 동의어이다.
18) 키이우의 동굴 수도원의 지상 부분.

쉰 개의 교회들과 함께 서 있는 수도원.
수도원 마당 위 사물마다 에는
당신의 음향의 한 소절이 들어 있고
거대한 대문이 시작됩니다.

기다랗게 열 지어 있는 집들에서는 수녀들이,
천백열 명의 검은색 제복의 자매들이 살고 있습니다.
가끔은 어떤 수녀가 샘 곁으로 오고
어떤 수녀는 마치 거미줄에 감긴 듯 서 있습니다.
그리고 어떤 수녀는 석양 속을 걷는 듯
가냘픈 몸매로 말 없는 가로수 길을 걷습니다.

그러나 대부분의 수녀들은 보이지 않습니다,
그들은 아무도 알 수 없는 멜로디가
바이올린의 병든 가슴에 머무는 것처럼
집들의 침묵 안에 머물고 있습니다…

그리고 교회를 빙 둘러싸고 원안에,
그리움에 야위어 가는 자스민에 둘러싸여
돌들처럼 조용히 세상에 대해 말하고 있는
묘지들이 있습니다.
수도원에 부딪혀 부서지고
공허한 날과 사소한 일로 방향을 바꾸며
쾌락과 속임수를 향해 즉시 예비할지라도

더 이상 존재하지 않는 세상에 대해서 말하고 있습니다.

그 세상은 흘러갔습니다. 당신이 존재하기 때문입니다.

그 세상은 무정한 세월 위를
빛의 유희처럼 여전히 흐르고 있습니다.
그렇지만 당신에게, 저녁에게 그리고 시인들에게
천천히 흘러내리는 얼굴을 하고
어두운 사물들은 모습을 나타내 보입니다.

세상의 왕들도 늙었습니다.
그리고 어떤 후계자도 얻지 못할 것입니다.
아들들은 어린아이로 죽을 것이고
그들의 창백한 딸들은
병든 왕관을 폭력에 맡길지도 모릅니다.

천민은 그 왕관을 잘게 깨뜨려 돈을 만들고,
세상의 시대에 따르는 주인은
그것을 불에 달구어 늘려
원망하면서 그의 뜻을 섬기는 기계로 만듭니다.
그러나 행복이 그들과 함께하지는 않습니다.

청동은 고향을 그리워합니다. 청동은 작은 삶을

가르치는 동전과 바퀴를
벗어나려고 합니다.
그리고 공장에서 또한 금고에서 나와서
열려진 산들의 혈관으로
되돌아갈 것이며,
그 뒤 산들은 닫힐 것입니다.

모든 것은 다시 위대해지고 강력해질 것입니다.
땅을 단순해지고 물은 주름처럼 일렁일 것입니다.
나무들은 거대해지고 성벽들은 아주 작아질 것입니다.
그리고 계곡들에서는 목동과 농부인
민중이 건장해지고 여러 모습을 가지게 될 것입니다.

그리고 신을 도망자처럼 꽉 움켜잡고
그다음에는 붙잡히고 상처 입은 짐승처럼
그를 비통해하는 교회는 하나도 없을 것입니다, ―
집들은 문을 두드리는 모든 이들을 반기고
무한한 희생의 감정이
모든 행동과 당신과 나의 마음에 깃들 것입니다.

어떤 내세에 대한 기다림도 위쪽을 바라다봄도 없으며,
죽음조차도 피하지 않으려는 바람과
봉헌하면서 현세적인 것을 수련하려는 바람만이 있습니다.

현세적인 것의 손에 더 이상 새로워지지 않기 위해서 말씀입니다.

당신도 위대해질 것입니다. 지금 여기 살아 있는 것이
틀림없으며, 당신을 말할 수 있는 자보다 더 위대해질 것입니다.
훨씬 비범하고 훨씬 보통이 아니며
그러나 나이 든 사람보다도 훨씬 더 나이가 많을 것입니다.

사람들은 당신을 느낄 것입니다, 정원의 가까운
편재(遍在)에서 향기가 피어오르리라는 것을.
그리고 앓고 있는 자가 가장 좋아하는 물건을 대하듯
사람들은 예감에 가득 차고 부드럽게 당신을 사랑하게 될 것입니다.

사람들은 떼 지어 모이게 하는 기도는 없을 것입니다.
당신은 동맹 안에는 *존재*하지 않습니다.
그리고 당신을 느꼈고 당신으로 인해 기뻐한 사람은
지상에서 유일한 자처럼 될 것입니다.
무리에서 내쫓긴 자이면서 동맹을 맺은 자는
모아졌지만 동시에 소비된 자입니다.
미소를 띤 자이지만 막 울음을 터뜨리려는 자,
집처럼 작으면서 왕국처럼 강력한 자입니다.

집들에는 평온이 생겨나지 않을 것입니다. 누군가가

죽고 그들이 그를 멀리 내다 버릴지라도,
누군가 은밀한 지시에 따라서
순례의 지팡이를 들고 순례의 옷깃을 세우고
낯선 곳에서 도중에 당신을 기다릴 수 있는
길을 묻더라도 말씀입니다.

길들은 천년마다 한번 피는
그 장미[19]를 향해서 가듯 당신에게로 가려는
사람들로 결코 비는 일이 없을 것입니다.
많은 어두운 백성과 거의 무명의 사람들,
그리고 이들이 당신에게 이르면, 이들은 지쳐 있을 것입니다.

 그러나 나는 그들의 행렬을 보았습니다.
그리고 그때부터 움직이는
그들의 외투에서 바람이 이는 것을
그리고 그들이 누우면 잠잠해지는 것을 압니다 —
평원에서 그들의 행진은 그처럼 위대했습니다.

그처럼 나는 당신에게로 가고 싶습니다. 낯선 문지방에서
마지 못해 나를 먹여 살리는 시물(施物)을 모아 가면서라도.
그리고 길들이 많은 사람으로 어지러워진다면,
저는 가장 나이든 사람들과 한패가 되는지 모르겠습니다.

---

19) 무엇과 관련되어 있는지 불분명하다.

나는 체구가 작은 노인인 척할지도 모르겠습니다,
그리고 그들이 걸었을 때, 나는 꿈속에서 인양,
그들의 무릎이 수염의 물결로부터 덤불과 나무도 없는
섬처럼 떠오른 것을 나는 볼지도 모릅니다.

우리는 눈이 먼 채, 마치 뜬눈을 하고 있다는 듯
그들의 아이들과 더불어 바라보는 남자들,
그리고 강변에서 물을 마시는 사람들과 고단한 여인들
그리고 임신한 많은 여인을 추월했습니다.
그리고 모두는 나에게 그렇게 진기하게 가까웠습니다. —
마치 남자들이 나에게서 한 명의 혈족을,
여인들이 한 명의 친구를 알아채기라도 했다는 듯이,
내가 본 개들도 오기라도 했다는 듯이 말입니다.

신이신 당신이여, 나는 많은 순례자가 되고 싶습니다,
그래서 당신에게로 가는 긴 행렬이 되고 싶습니다,
그리고 당신의 커다란 한 조각이 되고 싶습니다.
생생한 가로수 길이 있는 정원이신 당신이여.
내가 지금의 나처럼 외롭게 간다면, —
도대체 누가 이것을 알아차리겠습니까? 당신에게로 가는 나를
                              누가 보겠습니까?
누구의 마음을 끌겠습니까? 누구를 감동시키고, 누구를
                    당신에게로 향하게 하겠습니까?

마치 아무 일도 일어나지 않은 것처럼
— 그들은 계속 웃습니다. 그리고 나는 나 홀로인 채 그렇게
가는 것이 즐겁습니다. 왜냐면 그렇게 하여
웃는 자들 가운데 어느 누구도 나를 볼 수 없기 때문입니다.

낮으로 당신은 많은 사람의 주위를
소곤거리며 흐르는 풍문이십니다.
시각을 알리는 종소리 뒤에
서서히 다시 닫히는 정적(靜寂)이십니다.

낮이 점점 허약해져 가는 몸짓으로
저녁을 향해 기울면 기울수록,
나의 신이시여, 당신은 그만큼 더 많이 존재합니다.
당신의 나라는 지붕마다에서 올라오는 연기처럼 솟아오릅니다.

어느 순례의 아침. 첫 종악(鐘樂) 소리에
각자가 독약을 마신 것처럼 쓰러져 누었던
딱딱한 잠자리에서 일어납니다.
깡마른 아침 축복기도를 읊조리는 어느 백성,
그 위로 이른 아침 해가 태워 버릴 듯 내리쬡니다.

서로 인사를 나누는 수염 난 남자들,

모피 밖으로 진지하게 나오는 아이들,
그리고 외투를 입은, 그들의 침묵으로 무거워진
트빌리시와 타슈켄트[20])의 갈색 여인들.
이슬람교도의 몸짓을 하는 기독교도들이
샘[21]) 주변으로 모여들어 평평한 접시처럼
그들의 손을 내밉니다, 영혼처럼 밀물이
밀려들었던 물체들처럼.

 그들은 얼굴을 그 안으로 숙이고 마십니다.
왼손으로는 옷을 풀어 제치고
물을 가슴에 오래 갖다 댑니다.
마치 지상에서의 고통을 말하는
서늘하고, 울고 있는 얼굴이기라도 하다는 듯이.

그리고 이러한 고통들은 생기를 잃은 눈을 하고
사방으로 빙 둘러 서 있습니다. 당신은 그러나 모릅니다,
그들이 누구이며 누구였는지를. 하인들 아니면 농부들이었는지,
어쩌면 부유함을 보았던 상인들이었는지,
어쩌면 끈기 없는 미온적인 수도자들이었는지,
유혹에 빠지기를 숨어서 기다리는 도적들이었는지,
성장이 멈추어 쪼그리고 앉아 있는 예민한 소녀들이었는지,

---

20) 각각 그루지아와 우즈베키스탄의 수도.
21) 체험의 근거는 키이우에 있는 페체르스크 수도원의 기적의 샘에 대한 순례자들의 관찰이다. 루 안드레아스-살로메
   는 릴케와 함께한 1899년 봄에서 1900년 여름 사이의 러시아 여행에 대한 회상록 『로딘카』에서 "사람들이 떼를 지
   어 기적의 샘 주위로 몰려들었다. 끝없는 도보여행 끝에 갈증을 해소해야 하듯이 그 샘의 성수로 병든 육신을 치료
   하기 위해 가릴 것 없이 적셨다"고 술회했다.

그리고 광야의 숲에서 헤매는 자들이었는지를 ―

이들 모두는 깊은 슬픔 가운데

넘치는 것들을 버린 제후들과도 같습니다.

모두는 많은 것을 경험한 현자와 같고,

신이 낯선 짐승을 통해서 먹이를 주었던,

황야에 머물렀던 선택된 자들과도 같습니다.[22]

이들은 검게 그을린 뺨에 숱한 바람을 맞으며

어떤 동경에 두렵게 사로잡힌 채

그러나 경이롭게도 그 동경으로 고무되어

광야를 걸었던 고독한 자들입니다.

이들은 거대한 오르간과 성가 합창에 이끌리어

일상에서 풀려난 이들입니다.

그리고 상승하는 이들처럼 형상화된 무릎을 꿇은 이들입니다.

오랫동안 숨겨져 접혀있던

그림들이 그려진 깃발들입니다.

이제 그 깃발들이 서서히 다시 내걸립니다.

그리고 많은 이들이 서서 병든 순례자들이

살고 있는 집 쪽을 바라다봅니다.

방금 한 수도자가 거기서 빠져나왔기 때문입니다.

머리카락은 축 늘어졌고, 그리고 수단[23]은 주름투성이였으며

---

22) 그러한 기적적인 음식 제공은 여러 은둔자에 의해 전해진다. 예컨대 기독교 최초의 은둔자로 알려진 테에베의 바울은 광야에서 하느님이 보낸 까마귀에게서 빵을 받아 양식으로 삼았다.
23) 성직자가 입는 자락이 긴 평상복.

그늘진 얼굴은 푸른 병색으로 가득 차 있었습니다.
그리고 악령들로 온통 어둠이 깔려 있었습니다.

 그는 둘로 쪼개지기라도 한 듯 몸을 구부렸습니다,
그리고 두 조각으로 땅 위로 몸을 던졌습니다.
땅은 이제 그의 입에 외마디 외침처럼
매달려 있는 것처럼 보였고, 그리고 그렇게
그의 두 팔의 자라나는 몸짓 같았습니다.

그리고 그의 추락은 서서히 그의 곁을 떠나갔습니다.

마치 날개가 달린 것을 느끼기라도 한 듯, 그는 날아올랐습니다.[24]
그리고 그의 가벼워진 감정은 그를
새가 된 것 같은 믿음으로 유혹했습니다.
그는 비스듬히 끼워 맞춰진 꼭두각시처럼
바짝 마른 판에 간신히 매달려 있었습니다.
그리고 커다란 날개를 달고 있다고
그리고 이 세상은 이미 오래전에 계곡처럼
자신의 발아래 저 멀리 미끄러져 갔다고 믿었습니다.
믿기지 않을 만큼, 그는 단숨에 자신이
낯선 장소에, 자신의 고통의
푸른 바다의 밑바닥에 내려앉았음을 보았습니다.
그리고 한 마리의 물고기가 있었습니다. 그리고 날렵하게 몸을 움직여

---

24) 추락과 상승의 변증법을 의미한다.

깊은 물 속을 헤엄쳐 나갔습니다, 조용히 그리고 은회색을 띠고서.

그리고 산호 줄기에 해파리가 매달려 있는 것을 보았으며

한 인어(人魚)의 머리카락을 보았습니다. 머리카락 사이로는

바닷물이 마치 머리빗 살처럼 살랑거리는 소리를 내며 흘렀습니다.

그리고 뭍으로 나왔으며, 어느 죽은 여인 곁에

신랑이 되었습니다.[25] 마치 어떤 소녀도 어색하게

그리고 미혼인 채로 천국의 초원에 발을 들여놓는 일이 없도록

누군가가 그를 선택하기라도 한 듯이 말입니다.

그는 그녀의 뒤를 따라갔으며 보조를 맞추었고

항상 그녀를 가운데에 두고 주위를 돌며 춤을 추었습니다.

그리고 그의 두 팔은 그의 몸통을 둥글게 돌며 춤을 추었습니다.

그런 다음 그는, 이러한 춤추기를 믿지 못해 하는듯한

제3의 인물이 이 유희에 슬며시

끼어들기라도 한 것처럼 귀를 기울였습니다.

그리고 그때 그는 알아차렸습니다. 이제 당신이 기도해야만 한다는 것을.

왜냐면 예언자들에게 커다란 월계관처럼

자신을 바쳤던 인물이 바로 그였기 때문입니다.

우리는 우리가 매일 자비를 구했던 그를 붙들었습니다.

우리는 언젠가 씨로 뿌려졌던 그를 거두어 드렸습니다.

그리고 마치 선율을 이루듯이 긴 행렬을 이루어

쉬고 있는 기구(器具)들을 들고 집으로 돌아갑니다.

---

25) 릴케는 러시아를 공부하면서 랄스톤(W.R.S Ralston)의 『러시아인의 노래』에서 러시아의 민속, 특히 러시아의 망자
(亡者)숭배, 정령 및 악령 숭배에 대한 상세한 초록(抄錄)을 작성했다. 거기에는 미혼 상태에서 세상을 떠난 자매의
장례식 때에 상징적으로 혼례를 처러주는 여러 사례들이 기록되어 있다.

그리고 그는 감동해서 허리를 굽혔습니다, 깊숙이.

그러나 그 노인[26]은 마치 잠을 자는 듯했습니다.
그리고 그의 눈은 잠을 자지 않았는데도 보지도 않았습니다.

그리고 그가 그렇게 깊이 허리를 굽혔기 때문에
전율이 사지를 뚫고 지나갔습니다.
그러나 노인은 그것을 알아채지 못했습니다.

그때 병든 수도자는 자신의 머리카락을 움켜쥐고
마치 옷자락처럼 제 몸을 나무에 패대기쳤습니다.
그러나 노인은 서 있었고, 그것을 거의 보지 못했습니다.

그때 병든 수도자는 마치 사람이 참수용 칼을 손에 쥐듯이
자신을 두 손안에 쥐고서는
베고 또 베어, 벽들에 상처를 냈습니다.
그리고 마침내 격분해서 몸을 땅바닥에 박았습니다.
그러나 노인은 막연하게 시선을 보냈습니다.

그때 수도자는 마치 수피(樹皮)처럼 자기 옷을 벗어젖혀
무릎을 꿇고 그것을 노인에게 바쳤습니다.

그리고 보십시오. 그가 왔습니다. 어린아이에게로인 듯 왔고
_____

26) 신.

부드럽게 말했습니다. *내가 누구인지도 그대는 아는가?*
그것을 그는 알고 있었습니다. 그리고 바이올린처럼
그 노인의 턱 아래에 부드럽게 몸을 눕혔습니다.

이제 붉은 매자나무[27] 열매는 벌써 익고 있습니다.
꽃밭에서도 시들어가는 과꽃들이 약하게 숨을 쉽니다.
지금 부유(富裕)하지 않은 사람은, 여름이 가고 있기 때문에,
항상 기다릴 뿐 결코 스스로 소유하지 못할 것입니다.[28]

어두움 가운데서 일어서기 위해서
많은 환상이 밤이 시작할 때까지
그의 내면에 기다리고 있음을 의심치 않으면서 ―
지금 눈을 감을 수 없는 사람은
나이든 사람처럼 그냥 흘러갑니다.

그에게는 더 이상 아무것도 따라오지 않으며, 어떤 날도 그에게
　　　　　　　　　　　　　　　　　부딪혀 오지 않습니다.
그리고 그에게서 일어나는 모든 일은 그를 속입니다.
당신도 마찬가지입니다, 나의 신이시여. 그리고 당신은
나날이 그를 심연으로 끌고 가는 돌과도 같습니다.

---

27) 매자나무는 한국(경기 이북)에서 자생하는 쌍떡잎식물이다. 높이는 2m에 이르며, 가지를 많이 치고, 꽃은 노란색,
　　열매는 붉은색이다.
28) 릴케의 유명한 시 「가을날」(Herbsttag)(『형상 시집』)의 모티브와 유사하다.

당신은 걱정할 필요가 없습니다. 신이시여. 그들은
참을성 있는 모든 사물을 향해 *나의 것*이라고 말합니다.[29)]
그들은 나뭇가지를 스치면서 *나의* 나무라고 말하는
바람과도 같습니다.

그들은 거의 알아차리지 못합니다.
그들의 손이 붙들고 있는 모든 것이 얼마나 작열(灼熱)하는지를 ―
그리하여 그들이 데지 않고서는 그 마지막 자락조차
그것을 붙잡을 수 없었음을.

그들은 *나의 것*이라고 말합니다. 영주가 매우 위대하고
그리고 ― 멀리 있을 때, 가끔은 누군가가
농부들과의 대화 가운데 그 영주를 기꺼이 친구라고 부르듯이.
그들은 그들의 낯선 성벽을 보고 *나의 것*이라고 말합니다.
그리고 그들의 집의 주인을 전혀 알고 있지 않습니다.
그들이 다가갔던 모든 사물이 닫힌 때에도
그들은 나의 것이라고 말하고 소유를 언급합니다.
마치 황당무계한 사기꾼이 태양과 번개를
자기 것이라고 부르는 것과 같습니다.
그처럼 그들은 말합니다, 나의 인생, 나의 아내,
나의 개, 나의 아이라고. 그렇지만 그들은 정확하게 압니다.

---

29) 주제적으로 유사한 시 「나는 인간들이 하는 말이 그렇게도 두렵다」(시집 『나의 축제를 위하여』) 비교.
   이어지는 소유에 대한 비판은 제3권 「가난과 죽음의 책」에서 중심 주제가 된다.

이 모든 것, 인생, 아내, 개 그리고 아이는
그들이 보지 못한 채, 뻗은 손에 부딪히는
낯선 형상체들이라는 사실을.
물론 확실성은 눈을 동경하는
위대한 자에게만 해당합니다. 왜냐면 다른 이들은
듣고 싶어하지 않기 때문입니다. 그들의 가련한 방랑이
사방 어떤 사물과도 연관이 없다는 사실을.
그들이, 그들의 소유에서 내쫓겨,
그들의 소유물에 의해서 인정받지 못한다는 사실을.
모든 이들에게 낯선 삶의 것인 꽃처럼
아내도 소유하고 있는 것이 아니라는 사실을.

신이시여, 당신의 균형을 잃지 마십시오.
빛처럼 당신의 숨결에서 흔들릴 때,
어두움 가운데에서도 당신을 사랑하고
당신의 얼굴을 알아보는 자 역시 — 당신을 소유하지 못합니다.
그리고 한밤중에 누군가가 당신을 붙잡아,
당신은 그의 기도 안으로 오셔야만 합니다.
                    당신은 다시 떠나실
                        길손이십니다.

신이시여, 누가 당신을 붙잡을 수 있겠습니까? 당신은 당신의 것이니까요.
어떤 소유자의 손에 의해서도 방해받지 않은,
점점 달콤해져서, 자신에게 속하게 되는,

아직은 다 익지 않은 포도주처럼.

깊은 밤에 나는 당신을 캐냅니다, 보물이신 당신이여.
왜냐면 내가 보았던 모든 넘침은
빈곤이며, 아직 일어나지 않은
당신의 아름다움에 대한 빈약한 대체물이기 때문입니다.

 그러나 당신을 향하는 길은 무섭도록 멉니다.
그리고, 오랫동안 아무도 그 길을 간 적이 없어, 흔적도 없습니다.
오 당신은 고독합니다. 당신은 고독입니다.
당신은 멀리 떨어진 계곡을 향하고 있는 마음입니다.

그리고, 캐내느라 피투성이인
나의 두 손을 허공에 대고 활짝 폅니다.
그리하여 두 손이 나무처럼 가지를 칩니다.
나는 그 가지들을 통해 허공에 대고 당신을 빨아들입니다.
마치 초조한 몸짓으로 거기에 흩뿌려졌다가
이제 먼지가 흩뿌려진 세계가 되어서
먼 별들로부터 봄비가 내리듯이 부드럽게
다시 대지 위로 내리시기라도 하다는 듯.[30]

---

30) 상승과 추락의 변증법을 통해서처럼 이 모티브를 통해서 『두이노의 비가』, 「제10 비가」의 마지막 구절에 이어진다.
　　"그리고 상승하는 행복을 생각하고 우리는/어떤 행복한 것이 추락하면/우리를 놀라움으로 엄습해 오는/저 감동을
　　느끼게 되리라"

제3권

가난과 죽음의 책

Das Buch von der Armut und vom Tode
(1903)

어쩌면, 나는 단단한 광맥을 타고, 어느 광석처럼 홀로,
육중한 산들을 뚫고 가고 있는지도 모릅니다.[1]
나는 그렇게 깊이 들어 있어서 끝도
멀리도 보지 못합니다. 모든 것은 근처가 되었고
모든 근처는 돌이 되었습니다.

나는 여전히 아픔 가운데 제대로 아는 자가 아닙니다, ―
그리하여 이 거대한 어두움이 나를 왜소하게 만듭니다.
그러나 당신이 그 어두움이라면, 당신을 무겁게 만드시고, 부수고 들어오소서.
그리하여 당신의 온전한 손이 나에게서 무엇인가를 일으키고
내가 나의 온 절규로 당신에게 무엇인가를 행하게 되기를.

산맥들이 밀려왔을 때 그대로였던 산이신 당신, ―
오두막들도 없는 산비탈, 이름 없는 산정(山頂),
그 속에서는 별들도 꼼짝 못 하는 만년설,
그리고 시클라멘트의 그 계곡을 안고 있는 분이십니다.
거기서 지상의 모든 향기가 풍겨 나옵니다.
당신은 모든 산의 입이며, 사원의 가장 높은 첨탑이십니다.
(그 첨탑에서는 아직까지 저녁기도 소리가 울린 적이 없습니다.)

---

1) 모티브로는 제2권의 종결부에 직접 연결되며, 생애기로는 파리에서 이탈리아로의 기차여행을 직접적으로 반영하고
   있다. "모단(Modane)에서 출발한 기차여행에서 그렇게 끔찍하게 된 산들은 더 이상 보고 싶지 않을 것 같습니다. 그
   산을 뚫고 계속 달리고, 희박한 검은 공기 가운데, 더 이상 나아갈 것 같지 않은 기차의 지옥 같은 진동 가운데 15분
   은 산의 내부에 있어야 하기 때문입니다. 그 산의 내부 한가운데에서 살면서 빛을 기다릴 때, 그것은 산맥이 온통 짐
   으로 지워진 듯, 돌 더미의 짐, 광석과 우물과 그리고 무엇보다도 눈과 차가운 하늘의 짐이 지워진 듯 느끼게 됩니다."
   (1903년 3월 23일, 아내 클라라에게) 참조.

지금 나는 당신 안에서 가고 있나요? 나는

아직 발견되지 않은 금속처럼 현무암 안에 갇혀 있나요?

나는 공경하는 마음으로 당신의 바위 주름을 채웁니다.

그리고 나는 도처에서 당신의 엄격함을 느낍니다.

혹은 그것은 내가 빠져있는 불안인가요?[2]

당신이 턱까지 차오르게 한

초대형 도시들의 그 깊은 불안인가요?

오 누군가가 당신에게 그 도시들의 본질의

광기와 고집에 대해 바르게 말해 주었더라면,

태초에서 부는 폭풍이신 당신은 일어나셔서

당신 앞에서 껍데기처럼 그것들을 날려 버렸을 터입니다 …

 그리고 이제 당신은 나에게 원하십니다, 그러니 바르게 말하라고, ─

그렇다면 나는 나의 입에 관한 한 더 이상 지배자가 아닙니다.

나의 입은 마치 상처처럼 닫히기만 바라니까요.

그리고 나의 두 손은 호출에 부주의한

개처럼 나의 양 곁에 매달려 있을 뿐입니다.

주여, 당신은 낯선 시간으로 나를 내몰고 계십니다.

---

2) "지금 나는 당신 안에서 가고 있나요? […] 내가 빠져있는 불안인가요?": 현대적 삶의 세계에서의 존재론적 상태에 대한 물음이며, 제3권에서의 중심 문제, 삶의 세계가 신의 유출(Emanation)이 아니라면, 그 세계는 과연 무엇일 수 있는가?

나를 당신의 드넓은 영지의 파수꾼으로 삼으소서,

나를 돌에 귀 기울이는 자로 만드소서,

나에게 당신의 바다의 고독 위로

펼칠 수 있도록 두 눈을 주시옵소서.

나로 하여금 양쪽 강안(江岸)을 향한 외침에서부터

멀리 한밤의 음향에 이르기까지

강의 흐름을 따르도록 허락하소서.

나를 당신의 텅 빈 땅[3]으로 보내 주소서,

거기 아득한 바람이 불어와 지나는 곳,

거대한 수도원들이 마치 제의(祭衣)처럼

아직 살지 않은 생명을 에워싸 서 있는 그곳으로.

거기서 나는 순례자들과 한편이 되고 싶습니다.

어떤 환상에도

그들의 목소리와 모습에서 갈라짐 없이

그리고 어느 눈먼 노인의 뒤를 따라

아무도 모르는 길을 가고자 합니다.

왜냐면, 주여, 대도시들은

버림받고 해체되었기 때문입니다.

가장 큰 도시는 불길을 피해 도망치는 것과 같습니다, —

---

3) 제2권의 러시아와 순례자 모티브의 연장.

그리고 위안이 도시를 위로한다 할지라도, 위안은 없습니다.
그리고 그 도시의 하찮은 시간은 흘러갑니다.

 그곳에서 사람들은 살고 있습니다, 깊은 골방에서,
두려운 몸짓을 하고, 첫배의 짐승[4]보다도
더 두려워하면서, 빠듯하게 그리고 힘겹게 살고 있습니다.
밖에는 당신의 대지가 눈을 뜨고 숨을 쉽니다.
그러나 그들은 존재하지만, 그것을 더 이상 알고 있지 않습니다.

거기에서는 아이들이 언제나 그늘 안에 있는
창문 옆 계단들에서 자랍니다.
그리고 밖에서 꽃들이 광활함과 행복과 바람으로
가득한 낮을 향해 부르는 것을 모릅니다, —
그리고 아이일 수밖에 없고 그것도 슬픈 아이입니다.

거기에서는 처녀들이 미지의 존재를 향해서 꽃을 피웁니다.
그리고 그들의 어린 시절의 평온을 그리워합니다.
그들이 애태워 찾았던 그것은 거기에 없습니다.
그리하여 몸을 떨면서 그들은 다시 자신을 닫아겁니다.
그리고 은폐된 뒷방에서
환멸을 겪은 모성의 나날을,
긴 밤의 별 뜻도 없는 애원과

---

4) 이스라엘에서는 전통적으로 동물의 모든 순수한 첫 배(첫 번째 낳은 새끼)는 주께 제물로 바쳤다.

투쟁도 기력도 없는 무정한 세월을 맞고 있을 뿐입니다.
그리고 완전한 어두움 속에 임종의 침대들이 놓여 있고
그들은 천천히 거기로 가기를 갈망합니다.
그리고 그들은 오랫동안 죽습니다, 쇠사슬에 매인 듯 죽습니다.
그리고 거지처럼 세상을 떠납니다.

거기서 사람들은 살고 있습니다, 하얗게 만개 되어, 창백하게,
그리고 힘겨운 세상을 보고 경악하면서 죽어갑니다.
이름 없는 밤에 어느 연약한 종족이
흉하게 일그러진 미소를 보낸
드러나게 찡그린 얼굴을 아무도 보지 못합니다.

그들은 마음도 없이 의미도 없는 일에
봉사하는 수고로 품위를 잃고, 이리저리 헤매고 있습니다.
그리고 그들의 옷은 그들의 목에 붙어 시들어가고
그들의 예쁜 손들도 때 이르게 늙어 갑니다.

 한 무리의 사람들이 들이닥쳐 그들이 조금은 주춤하고
허약한데도 불구하고 그들을 보살필 생각을 하지 않습니다. ─
아무 데도 살고 있지 않은 겁먹은 개들만이
조용히 한참 동안을 그들의 뒤를 따라갈 뿐입니다.

그들은 수백 명의 고통을 주는 자들에게 맡겨졌습니다.

매시간을 알리는 종소리로 일깨워져
그들은 외롭게 병원의 주위를 맴돕니다.
그리고 입장의 날을 겁에 질린 채 기다리고 있습니다.

거기에 죽음이 있습니다. 그들이 어린 시절에 그 인사를
신비롭게 힐끗 보았던 그런 죽음이 아닙니다, ―
우리들이 거기서 파악하는 것 같이, 작은 죽음이 아닙니다.
그들의 고유한 죽음은 익지 않은 과일처럼
그들 안에 단맛도 없이 파랗게 매달려 있습니다.

오 주여, 저마다에게 그의 고유한 죽음[5]을 주소서.
그가 사랑을 지녔고, 의미와 고난을 지녔던
삶에서 나오는 그의 죽음을 주소서.

우리는 다만 껍질과 잎사귀에 지나지 않기 때문입니다.
저마다 자기 안에 지니고 있는 위대한 죽음은
모든 것의 중심을 담고 있는 열매입니다.

그 열매를 위해서 소녀들은 탄주를 시작하고

---

5) 최소한 이 표현법은 덴마크의 작가 야콥센(Jens Peter Jacobsen)의 소설 『마리 구르베 부인』에 나오는 한 구절에서 자극을 받은 것으로 보인다. 천국과 지옥을 믿느냐는 질문에 그녀는 대답했다. "내 생각에는 각각의 인간은 자신의 고유한 삶을 살고 자신의 "고유한 죽음"을 죽게 됩니다." 릴케는 죽음을 전 생애를 통한 현재로서 파악하는 죽음에 대한 태도를 "고유한 죽음"으로 돌려 표현한다. 즉, 삶과 함께 그리고 삶에서 뗄 수 없이 자라나는 그 무엇으로 보고 있는 것이다. 따라서 죽음의 특별한 형태를 의미하지는 않는다.

마치 나무처럼 라우테[6]로부터 나타납니다.

그리고 소녀들은 그 열매를 위해 어른이 되기를 갈망합니다.

그리고 여인들은 자라나는 아이들의 불안을

떠맡는 이들입니다. 아무도 떠맡을 수 없는 그 불안을.

그 열매를 위해서 그것이 오래 흘러가 버렸을지라도 —

한번 바라다본 것은 영원한 것처럼 *그대로입니다.*

그리고 만들고 짓던 모든 이는

이러한 열매를 둘러싼 세상이 되었고, 얼고 또 녹았으며

바람을 불어주고 빛을 비추어 주었습니다.

그 열매 안으로 심장의 모든 온기와

뇌수의 하얀 작열이 스며들었습니다. —

그렇지만 당신의 천사들은 새 떼들처럼 날아갑니다.

그들은 모든 열매들이 아직은 푸르다는 것[7]을 알았던 것입니다.

주여, 우리는 눈이 먼 채, 죽음을 맞는

불쌍한 짐승들보다도 더 가련합니다.

우리 모두가 아직은 죽지 않은 탓입니다.

오월이 일찍 에워싸고 시작해

격자 울타리 안으로 삶을 묶어 올리는

지식을 얻은 그 죽음을 우리에게 주소서.

---

6) 구식 현악기의 일종.
7) 아직은 더 성장하고 성숙해야만 한다는 것을 의미한다.

이러한 삶은 죽음을 낯설고 힘들게 만들기 때문에
그 죽음은 우리의 죽음이 아닙니다. 우리 중
어느 누군가 결국 죽음을 맞이합니다. 우리가 어떤 죽음을
                              성숙케 하지 않은 탓만으로.
그 때문에 우리 모두를 깨끗이 떨어뜨리려고 폭풍은 붑니다.

우리는 해에 해를 이어 당신의 정원에 서 있습니다.
그리고 감미로운 죽음을 열매로 맺을 나무들입니다.
그러나 우리는 추수의 계절에 늙어 가고 있습니다.
그리고 당신이 넘어뜨렸던 여인들처럼
우리는 닫혀 불충분하고 열매도 맺지 못합니다.

아니면 나의 오만이 부당할 것입니다.
나무들이 더 훌륭한가요? 우리는 많이 허락하는
여인들의 종족이며 자궁에 불과할 뿐인가요? —
우리는 영원과 간음했습니다.
그리고 분만의 침대가 있다면, 우리는
우리의 죽음의 죽은 유산을 낳을 것입니다.
일그러진, 비참한 태아를 낳을 것입니다.
(섬뜩한 것이 그를 경악시키기라도 한 듯)
두 손으로 눈자위를 가리고
그의 불룩해진 이마 위에, 그가 겪지도 않았던 —
모든 것에 대한 두려움이 서려 있는 태아를.
그리고 모두는 산통을 겪고 제왕설개를 하는

창녀처럼 결말을 지을 것입니다.

주여, 한 사람을 기백 있게 해 주시고, 위대하게 해 주소서,
그의 삶에 멋있는 자궁 하나를 지어 주시고
싱싱한 머리카락의 금발의 숲 가운데
문처럼 그의 음부를 세우셔서
이루 말할 수 없는 자[8]의 지체(肢體)를 통해서
출전 준비가 되어 있는 자들, 흰 군사의 무리를,
한데 모인 그 수없이 많은 정자를 지나가게 하소서.

그리고 한 밤을 주소서, 그리하여 인간이
어떤 인간의 깊이도 발 딛지 않은 것을 잉태토록 하소서,
한 밤을 주소서, 거기서 모든 사물이 활짝 꽃피우도록.
그리고 그것들이 라일락보다 더 향기롭게
당신의 바람의 날개보다도 더 유연하게
여호사밧[9]보다도 더 환호하게 해 주소서.

그리고 그에게 긴 잉태의 시간을 허락해 주시고
그리고 그가 커가는 제의를 입고 오래 견디게 해 주시며,
그에게 별의 고독을 선사해 주소서,
그리하여 그의 모습이 녹는 듯 변하더라도,

---

8) 죽음의 출산자가 아니라 죽음을 잉태시킨 자.
9) 유다의 왕 여호사밧은 아몬 자손과 모압 자손에 대한 승리를 하루에 걸친 기념축제를 열어 환호하며 축하했다.

어떤 눈의 놀라움도 그를 비방하지 못하게 해 주소서.

그를 새롭게 해 주소서, 깨끗한 음식으로,
이슬로, 살생하지 않은 요리로,
예배처럼 조용히, 음절처럼 따뜻하게
들판에서 새어 나오는 그 생명으로.[10]

그가 자신의 어린 시절을 다시 알게 해 주소서.
미지의 것과 경이로운 것
자신의 예감에 가득 찬 초년기의
끝없이 신비로운 전설들을.

 그리고 그에게 자신의 때를 기다리라 명하소서,
그가 죽음을, 주님을 낳게 되는 때를.
거대한 정원처럼 혼자서 살랑대면서,
그리고 멀리서 소진된 자처럼.

마지막 징후가 우리에게서 일어나게 해 주소서,
당신의 힘의 극치를 보이시며 모습을 드러내소서,
그리고 우리에게 지금(모든 여인의 고통 뒤에)
인간의 진지한 모성을 허락하소서.

---

10) 도살된 짐승의 고기가 아니라, 들에서 얻은 열매들로.(릴케는 때때로 채식을 했다. 1903년 4월 3일, Ellen Key에게 보낸 편지 참조)

강력한 보증자이신 당신이여, 신을 낳은 여인의

그 꿈을 이루어주지 마시고 ―

중대한 자를, 죽음을 낳은 이[11]를 향하소서,

그리고 우리를 그를 추적하게 될 이들의 손들 한가운데를

뚫고 그에게로 인도해 주소서.

보세요, 내가 그의 적대자들을 보고 있기 때문입니다.

그리고 그들은 시간에서의 허위보다 더하기 때문입니다. ―

그는 웃는 자들의 땅에서 부활할 것이며

꿈꾸는 자라 불리게 될 것입니다. 가까이 있는 자는

취한 상태에서도 언제나 꿈꾸는 자이니까요.

당신은 그러나 그를 당신의 은총 안에 세우시고,

당신의 오랜 광채 안에 그를 심으소서.

그리고 나로 하여금 이러한 율법의 궤의 춤추는 자,

새로운 메시아의 입,

종을 울리는 자, 세례자가 되게 하소서.

나는 그를 찬양하고 싶습니다. 큰 무리 앞에

뿔피리들이 가듯이,[12] 나는 가며 외치려고 합니다.

나의 피는 대양보다도 더 큰소리를 내며 철썩이어야 하며,

나의 말은 그렇게 감미로워 사람들이 탐을 내지만

---

11) "죽음을 낳은 이"는 영생을 위해서 죽음을 극복한 부활자. 그리스도에 직접적, 신화적 대칭을 이룬다.
12) 예컨대 여리고 성의 전투에서처럼.(여호수아기 6장)

포도주처럼 정신을 혼란스럽게 만들면 안 될 것입니다.

그리고 나의 침상 주변에 많지 않은
사람들이 머물렀던 봄의 밤이면,
나는 나의 현금 탄주에 맞추어 활짝 피어나렵니다.
이파리 하나하나를 뒤늦게 걱정하는
북녘의 4월들처럼 그렇게 조용히.

나의 목소리는 양쪽으로 자라나서
하나는 향기가, 다른 하나는 성골함이 되었습니다.
그 하나는 아득한 미래를 의미하려는 것이고
다른 하나는 나의 고독의 얼굴이자 지복(至福),
그리고 천사일 것이 틀림없습니다.

두 목소리가 나를 따르도록 허락하소서,
당신은 나를 다시 도시와 불안 안으로 흩뿌리십니다.
이 두 목소리와 함께 나는 시대의 분노 안에 있겠습니다.
그리고 나의 울림으로부터 당신이 요구하는
어떤 장소에라도 당신에게 침대를 마련하겠습니다.

대도시들은 진실하지 않습니다. 대도시들은
낮을, 밤을, 짐승들과 아이를 속입니다.

대도시의 침묵은 거짓말을 합니다. 대도시는 소음과
온순한 사물들을 가지고 거짓말을 합니다.

생성되어 가는 분, 당신이여, 당신을 둘러싸고 움직이는
드넓고 실질적인 사건의 어떤 것도
그 대도시에서는 일어나지 않습니다. 당신의 바람은
골목 안으로 불어 대지만, 골목들은 그 방향을 바꾸어 버립니다.
그 바람의 살랑거림은 이리저리 오가는 가운데
뒤엉키고, 자극을 받고 흥분하게 됩니다.

그 바람은 꽃밭과 가로수 길로도 붑니다. ―

왜냐면 정원들은, ― 왕들에 의해 만들어져서,
그녀들의 웃음의 기이한 소리에 꽃을 더했던
젊은 여성들과 짧은 시간 그 안에서
만족했었던 곳들이니까요.
젊은 여성들은 이러한 피곤한 정원을 생동하게 했습니다.
그들은 바람처럼 수풀 안에서 속삭였으며
모피를 입고 벨벳 차림으로 반짝이었습니다.
그들의 아침 가운의 비단 주름 장식은
실개천처럼 자갈길 위에서 소리를 울렸습니다.

이제는 모든 정원이 그 소리를 따릅니다 ―

그리고 조용히 관심도 없이
낯선 봄의 해맑은 음계에 순응합니다.
그리고 가을의 불꽃과 함께 서서히
그것들의 가지들의 커다란 석쇠 위에서 타오릅니다.
그 석쇠는 수많은 머리글자로 정교하게 단조(鍛造)되기라도 한 듯
검은 격자 구조물이 된 것처럼 보입니다.

또한 정원들을 가로질러 궁전이 빛납니다.
(희미해진 빛의 창백한 하늘처럼)
궁전의 큰 홀에는 시든 그림들의 무게가
마치 내면의 얼굴 안으로 이듯 가라앉고
마치 손님처럼 모든 축제를 낯설어 하며
단념을 자진하면서 말없이 참을성 있게 걸려 있습니다.

그러고 나서 나는 살아 있는 궁전들을 보았습니다.
그것들은 듣기 싫은 소리를 내는
예쁜 새들처럼 뻐기고 있습니다.[13]
많은 사람은 부자이면서 우뚝 서기를 원합니다—
그러나 부자인 사람들은 부유하지 않습니다.

그들은 당신의 유목민들의 남정네들,
그 맑고 푸른 평원의 주민들의 남정네들과 같지 않습니다,

---

13) 허영을 상징하는 공작새들은 쉰 소리를 내며 운다.

그들이 어스름한 양떼를 몰고
아침 하늘처럼 거기를 지날 때는
그리고 그들이 진을 치고, 명령의 울림이
새로 맞은 밤에 사라졌을 때,
이제는 어떤 다른 한 영혼이
평평한 방랑의 땅에서 깨어나는 듯했습니다. ─
낙타들의 어두운 구릉들이
산맥의 위용으로 그곳을 에워쌌습니다.

그리고 소 떼들의 냄새는
그들이 지나가고 난 뒤 열흘째 되는 날까지도
따뜻하고 무겁게 남아 있었고 바람도 피하지 않았습니다.
그리고 불 밝힌 혼례를 치른 집에서처럼
밤새도록 풍성한 포도주가 넘쳐흘렀습니다.
그렇게 우유가 그들의 암컷 당나귀들에서 나왔습니다.

그리고 부유한 자들은, 밤마다 낡은 양탄자 위에서 쉬지만
루비를 그들의 가장 사랑하는 암컷 말의
은빛 갈기에 달아 주도록 했던
사막에 사는 종족의 그 족장들과 같지 않습니다.

그리고 향기를 내지 않는 황금을 거들떠보지 않았고
그 오만한 삶이 암브라, 편도유 그리고 백단향과
엮어져 있었던

그 영주들과도 같지 않습니다.

부유한 자들이 신의 권리를 인정했던
동방의 백발의 고수다르[14]와도 같지 않습니다.
그 독재자는 그러나 애가 타서 여윈 머리카락을 하고
늙은 이마를 발밑의 표석 위에 대고
울었습니다, ─ 모든 낙원에서의
어느 한 시간도 그의 것이 아니었기 때문입니다.

어떻게 하면 그들의 현실을
그림을 통해서 비할 바 없이 능가하며
그들의 그림을 다시 시간을 통해서 능가할까 염려했던
그리고 그들의 황금빛 외투인 도시 안으로
마치 한 장의 종이처럼 접혀 들어서
다만 나지막하게 숨 쉬며 하얀 잠과 함께했던
옛 무역항들의 제일인자들과도 같지 않습니다 …

삶을 억지로 무한히 넓게 그리고 무겁고도 따뜻하게
하려고 했던 자들이 바로 부자들이었습니다.
그러나 부자들의 시절은 흘러가 버렸습니다.
그리고 아무도 당신에게 그 시절을 돌려달라 하지 않을 것입니다.
다만 가난한 사람들을 마침내 다시 가난하게 만들어 주소서.

───────────

14) 제1권의 주 51) 참조.

그들은 그렇지 않습니다. 그들은 의지가 없고
세계가 없는 부유하지 못한 사람들일 뿐입니다.
마지막 불안의 표식으로 낙인찍히고
도처에 조락(凋落)하고 일그러져 있습니다.

그들을 향해 도시들의 온갖 먼지가 몰려들고
온갖 오물이 그들에게 매달려 있습니다.
그들은 연두창의 근원지처럼 비난받고
깨진 조각처럼, 해골처럼 버림받았습니다.
마치 해가 지난 달력처럼 말입니다. ―
그렇지만, 당신의 대지가 고난을 당한다면
대지는 그들을 장미 목걸이에 꿰어서
그것을 부적처럼 몸에 지닐지도 모릅니다.

그들은 순수한 돌들보다 더 순수하기 때문이고
이제 막 살기 시작하는 눈도 뜨기 전의 짐승과 같습니다.
그리고 단순함으로 가득하고 영원히 당신의 것입니다.
그리고 아무것도 원하는 것이 없고 오로지 한 *가지*만을 필요로 합니다.

실제 그들인 대로 그렇게 가난해도 괜찮다는 것 말입니다.

왜냐면 가난은 내면에서 나오는 위대한 광채이기 때문입니다…

당신은 가난뱅이, 당신은 무일푼이십니다.
당신은 있을 곳이 없는 돌맹이,
당신은 딸랑이를 들고 성 앞을 서성대는
내쫓긴 나병환자이십니다. [15]

바람의 것이 그렇듯 당신의 것은 아무것도 없기 때문입니다.
그리고 당신의 알몸을 명성도 거의 가리지 못합니다.
부모 없는 아이의 누더기가
더 멋지고 재산 같아 보입니다.

당신은 태아를 숨기고 싶어서
허리를 졸라매어 임신의 첫 호흡을
질식시키는 어느 처녀의 배 안에 있는
태아의 힘만큼이나 가련합니다.

당신은 가련합니다. 도시들의 지붕 위에
복되게 내리는 봄비와도 같습니다.
죄수들이 영원히 세상은 없이, 독방에 갇혀
가슴에 품어보는 어떤 소망과도 같습니다.
돌아누우면 행복해지는 환자처럼

---

15) 나병에 걸린 환자들은 특정한 구역으로 추방되었다. 또한 건강한 사람들에게 접근을 경고하기 위해서 나병환자임을 알리는 딸랑이를 몸에 지니고 다녀야 했다.

철길 가의 꽃처럼 여행의
요란한 바람 가운데 그처럼 슬프도록 가련합니다.
그리고 울며 얼굴을 파묻는 손처럼 그렇게 가련합니다 …

추위에 얼어붙은 새들은 당신에 비해 무엇일까요,
종일토록 먹지 않은 개는 무엇일까요,
그리고 자기 상실,
사로잡힌 것으로서 잊혀진 짐승들의
말없는 오랜 슬픔은 당신에 비해 무엇일까요?

 그리고 무료 숙박소에 사는 모든 가난한 사람들, 그들은
당신과 당신의 고난에 비해서 무엇입니까?
그들은 그저 작은 돌에 지나지 않을 뿐, 맷돌이 아닙니다.
그러나 약간의 빵을 위해 빻습니다.

그러나 당신은 가장 비참한 무일푼,
가린 얼굴을 한 거지입니다.
당신은 가난의 위대한 장미,
황금의 햇빛으로의
영원한 변용이십니다.

당신은 세상에 더 이상 발을 들여놓지 않은
조용한 망명자.
어떤 쓸모에도 너무 위대하고 무겁습니다.

당신은 폭풍 가운데서 울부짖습니다, 당신은
어떤 연주자도 그 앞에서는 부서지고 마는 하프와도 같습니다.

당신은 알고 계시는 분, 그리고 당신의 폭넓은 식견은
가난에서 또 가난의 넘침에서 나옵니다.
가난한 사람들이 더 이상 짜증 속으로
던져지지도 들어서지도 않게 해 주소서.
다른 사람들은 뿌리가 뽑힌 것과 같습니다.
그러나 가난한 사람들은 뿌리에서 나온
꽃나무처럼 똑바로 서 있으며 박하향을 내고 있습니다.
그리고 그들의 이파리들은 톱니 모양이며 사랑스럽습니다.

그들을 눈여겨보십시오, 그리고 그들이 무엇과 닮았는지를 보십시오.
그들은 바람 가운데 세워져 움직이고 있습니다.
그리고 사람이 쥐고 있는 그 무엇처럼 쉬고 있습니다.
그리고 그들의 눈 속에는 성급한 여름 소나기가 내리는
밝은 초원의 물결들의
장엄한 어스름이 들어 있습니다.

그들은 그처럼 조용합니다. 그들은 거의 사물들을 닮았습니다.
그리고 우리가 그들을 우리의 방안으로 맞아들이면,

그들은 되돌아왔으나 잡다한 것들 사이로 모습을 감추는
그리고 작동을 멈춘 기구들처럼 어스름해지는 친구들과 같습니다.

그들은 지키고 있지만 본 적은 없는
버려둔 보물들을 지키는 파수꾼들과 같습니다.
거룻배처럼 심오함에 실려 와
표백장(漂白場) 위에 펼쳐진 아마포처럼
그렇게 펼쳐지고 그렇게 드러난 보물들.

그리고 보십시오, 그들의 발의 삶이 어떻게 가고 있는지를.
모든 길과 수백 번 얽히고설키며,
돌과 눈 그리고 그 위로 바람이 부는
밝고, 싱싱하며 서늘한 초원에 대한
기억들로 가득한 짐승들의 삶처럼.

그들은 인간이 작은 걱정들로
빠져나왔던 그 큰 고통 중의 고통을 겪고 있습니다.
풀의 향유와 돌의 칼날이
그들에게는 운명입니다, ─ 그리고 그들은 이 두 가지를 사랑하며
그리고 당신의 눈의 초원 위를 가듯 걸으며
그리고 현악의 탄주에 맞추어 손들처럼 갑니다.

그들의 손들은 여인들의 손들과 같습니다.

그리고 그 어떤 모성에도 적합합니다.

그 손들이 지을 때는 새들처럼 쾌활합니다 ―

잡으면 따뜻하고 믿음 가운데에서는 평온하며,

마치 술잔처럼 만져질 수 있습니다.

그들의 입은 어떤 흉상(胸像)에 달린 입과 같습니다.

울린 적도 숨을 쉰 적도 입맞춤을 당한 적도 없는 입.

그렇지만 지나간 어떤 삶으로부터

모든 것을, 지혜롭게 가다듬어, 받아들였습니다.

그리고 이제는 모든 것을 알았다는 듯이 둥글게 다물었습니다 ―

그러나 입은 다만 비유일 뿐 돌이며 사물입니다 …

그리고 그들의 목소리는 먼 곳으로부터 들려옵니다

그리고 해뜨기 전에 출발했으며

커다란 숲들 속에 있다가, 몇 주 전부터 오고 있습니다.

그리고 잠 속에서 다니엘과 말을 나누었습니다. [16)]

그리고 바다를 보았습니다, 그리고 바다에 대해 말합니다.

---

16) 예언자 다니엘은 이름난 꿈꾸는 자이자 해몽가였다.(다니엘서) 그의 꿈과 환상의 주제는 주로 구원사와 세계사이
나. 숙. 거대한 세속적인 제국들의 몰락과 최종적인 신적 제국의 건립이다.

그리고 그들이 잠을 잘 때면, 그들은 그들이 조용히
빌려주고 있는 모든 것으로 되돌려진 듯합니다.
그리고 굶주림의 곤경에 처한 때의 빵처럼
한밤중과 아침노을에 널리 골고루 나누어집니다.
그리고 어두움의 혈기 왕성한 번식능력으로
가득 쏟아지는 빗줄기와도 같습니다.

그러면 그들의 육신 위에는 그들의 이름의
흉터는 *하나*도 남겨져 있지 않습니다. 당신이 영원으로부터
이어받게 될 그 씨앗의 씨앗처럼
움틀 채비를 갖추고 잠자리에 든 육신 위에는.

그리고 보십시오, 그들의 육신은 신랑과도 같습니다
그리고 시냇물처럼 누운 가운데 흘러갑니다.
그리고 어떤 아름다운 사물처럼 그렇게 아름답게,
그렇게 열정적으로 또 그렇게 신비롭게 살고 있습니다.
그 육신의 날씬함 안에는 허약함이,
많은 여인에서 나왔던 두려움이 쌓여 있습니다.
그러나 그 육체의 성(性)은 강하여 마치 용과도 같습니다.
그리고 자면서도 음부의 계곡에서 기다립니다.

그리고 보십시오, 그들은 살 것이며 번창할 것입니다.

그리고 시간에 속박되지도 않을 것입니다.
그리고 숲의 딸기처럼, 감미로움 아래로
땅을 숨기면서 자랄 것입니다.

한 번도 멀어진 적 없고 지붕도 없이
빗속에 말없이 서 있었던 이들이여, 복되도다.[17]
그들에게는 모든 수확이 돌아갈 것이며
그들의 열매는 천 배로 알차질 것입니다.

그들은 모든 종말을 넘어서,
정신이 새어나가는 제국을 넘어 존속할 것입니다.
그들은 모든 계층의 그리고 모든 종족의
손들이 지쳐 있을 때, 푹 쉬고 난 손들처럼
일어설 것입니다.

다만 그들은 도시들의 죄악에서 다시 빼내 주소서,
그들에게 모든 것이 분노이며 뒤엉겨 있는 그곳에서
소란의 나날 가운데 상처 입은 인내로
그들이 시들어가고 있는 그곳에서.

 도대체 이 지상에는 그들을 위한 공간이 없는가요?
바람이 누구를 찾고 있나요? 시냇물의 투명함은 누가 마시나요?

17) 산상설교(「마태복음」 5장 3절—11절) 중 여덟 가지 복의 어법을 빌려 쓰고 있다.

연못의 꿈은 물가의 꿈 안에는 어떤 투영상도
문과 문턱에 대해서 더 이상 자유롭지 않은가요?
그들은 한 그루의 나무처럼 모든 것을 지닐
그저 작은 장소만을 필요로 할 뿐입니다.

가난한 사람의 집은 제단의 성유물 함과도 같습니다.
그 안에서는 영원한 것이 양식으로 변합니다,
그리고 저녁이 되면, 그것은 조용히
넓은 원을 그리며 자신에게로 되돌아가고
여운을 가득 남기며 서서히 제 안으로 들어갑니다.

가난한 사람의 집은 제단의 성유물 함과 같습니다.

가난한 사람의 집은 어린아이의 손과 같습니다.
그 손은 어른들이 요구하는 것을 잡지 않습니다.
장식된 촉수를 지닌 딱정벌레만을,
시냇물을 따라 흘러갔던 둥근 조약돌,
손가락 사이로 흘러나가는 모래, 그리고 소리 내는 조가비만을 잡습니다.
그들은 천칭(天秤)처럼 매달려 있으며,
오래 흔들리다가 저울판의 정지와 함께
가장 부드러운 영접을 예고합니다.

가난한 사람의 집은 어린아이의 손과 같습니다.

그리고 가난한 사람의 집은 대지와도 같습니다.

추락의 도주 가운데 때로는 밝게 때로는 어둡게 보이는

미래에 있을 수정(水晶)의 파편입니다.

마구간의 따뜻한 가난처럼 가난합니다.

그러나 저녁들이 있습니다. 그럴 때 가난은 모든 것입니다.

그리고 모든 별은 그것에서 유래합니다.

그러나 도시들은 오직 제 것만을 원하고

모든 것을 자기의 행로로 잡아끕니다.

속이 빈 목재처럼 도시들은 짐승들을 깨부숩니다.

그리고 종족들을 불태워 소모해 버립니다.

그리고 도시의 사람들은 문명에 헌신합니다.

그리고 균형과 절제를 잃고 깊이 추락하고 있습니다.

그리고 그들은 그들의 달팽이가 지난 흔적을 발전이라 부르며

그리고 천천히 갔던 길을 더 빨리 달리고

자신을 창녀처럼 느껴 반짝입니다.

그리고 금속과 유리로 커다랗게 소음을 냅니다.

마치 어떤 망상이 그들을 매일 조롱하는 듯합니다,

그들은 더 이상 그들 자신일 수가 없습니다.

돈은 자라나고, 온갖 힘을 지닙니다.

그리고 동풍처럼 커다랗습니다. 그리고 그들은 보잘것없고
추월당한 채 짐승과 인간의 육즙의 포도주와 온갖 동물이 그들을
덧없는 사업으로 충동질하기를 기다립니다.

그리고 당신의 가난한 사람들은 이들 가운데에서 고통을 겪고 있습니다.
그리고 그들이 보고 있는 모든 것 때문에 마음이 무거워져
마치 열병에 걸린 듯 오한에 떨면서 신열에 달아올라 있습니다.
그리고 집마다에서 내쫓김을 당하고
낯선 사자(死者)들처럼 여기저기를 헤맵니다.
그리고 온갖 오물을 뒤집어쓰고
햇볕 가운데 썩고 있는 것들인 양 침 뱉음을 당하고 있습니다. —
모든 우연, 창녀들의 장식품과
마차와 가로등에 놀라 고함을 쳤습니다.

그리고 그들의 보호를 위해서 입이 있다면,
그 입을 성숙하게 하시고 그 입을 움직여 주소서.

오, 소유와 시간에서 벗어나
자신의 위대한 가난을 향해 그처럼 강해져서
장터에서 옷을 벗어 던지고 주교의 법복 앞에
벌거벗은 채 나타났던 이, 그는 어디에 있는가.
누구보다도 가장 친밀하고 가장 사랑하는 이,

그는 새해처럼 왔고 그처럼 살았습니다[18].
당신의 밤꾀꼬리의 갈색 형제,[19]
그의 내면에는 지상에 대한 경탄과
희열과 감격이 차 있었습니다.

그는 차츰 기쁨을 잃어갔던
항상 피곤한 자들 가운데의 한 사람이 아니었기 때문에,
작은 형제들과 함께인 양 작은 꽃들과 더불어
풀밭 가를 걸으면서 이야기를 나누었습니다.
그리고 스스로에 대해 그리고 모든 것이
기쁨이 되도록 얼마나 애를 쓰는지 말했습니다.
그의 밝은 마음은 끝이 없었고,
어떤 하찮은 것도 그냥 지나치지 않았습니다.

그는 빛에서 나와 점점 더 깊은 빛으로 향했습니다,
그리고 그의 한 칸 방은 즐거움 가운데 있었습니다.
미소가 그의 얼굴 위에 떠올랐고
그의 어린 시절과 이야기를 지녔으며
그리고 소녀 시절처럼 성숙해졌습니다.

---

18) 아씨시의 성 프란치스코라는 인물로부터 전개되는 이 제3권의 두 번째 신화-시학적 구상은 시작된다. 성 프란치스코는 유복한 가정에서 태어나 즐거운 청년시절을 보낸 후에 가난한 삶을 살기로 결심했다. 그는 1209년 프란치스코 수도회를 세웠다. 릴케는 사바티에(Paul Sabatier)가 쓴 『아씨시의 성 프란치스코의 생애』를 읽었다.
19) 프란치스코 수도자의 수도복은 갈색이다. 전설에 따르면 짐승이나 꽃들과도 이야기를 나누었던 성사의 대지와의 유대가 강조된다.

그리고 그가 노래를 불렀을 때[20], 어제라 할지라도
그리고 잊힌 것이라 할지라도 되돌아왔습니다.
그리고 보금자리들에는 고요가 일어났고
그가 신랑처럼 감동시켰던
수녀들[21]의 가슴만이 소리를 질렀습니다.

그러면 그의 노래의 꽃가루는
살며시 그의 붉은 입에서 풀려나와
꿈꾸는 가운데 사랑스러운 존재들을 향해 밀려갔고
열려있는 화관(花冠) 안으로 떨어졌습니다.
그리고 천천히 꽃받침 위로 내려앉았습니다.

그리고 그들은 나무랄 데 없는 사람, 그를
그들의 영혼이었던, 그들의 몸 안에 받아드렸습니다.
그리고 그들의 눈은 장미처럼 닫혔으며,
그들의 머리카락은 사랑의 밤으로 가득 찼습니다.

그리고 위대한 것 하잖은 것 모두 그를 맞아드렸습니다.
지천사들이 많은 짐승에게로 와

---

20) 무엇보다도 1225/26년에 쓴 「태양의 찬가」가 유명하다. 이에 대해서 릴케는 「젊은 노동자의 편지」에서 이렇게 서술하고 있다. "우리가 지상적인 것을 완전하게 사용하여 감각의 가장자리에 이르기까지 우리를 행복하게 하는 것을 보게 된다면, 이곳에 살도록 허락받은 사람들이 신을 모독하는 일은 없을 것입니다. 올바르게 사용하는 것, 바로 그 것입니다. 그것은 잠정적으로 우리의 유일한 것으로서, 마음을 다하고 사랑스럽게, 경탄하면서 이 세상의 것을 바르게 손에 넣는 것, 일반적으로 말하자면, 동시에 신을 사용하는 방법을 설명해 주는 위대한 안내서입니다. 아씨시의 성 프란치스코는 「태양의 찬가」에서 그러한 안내서를 쓰고 있다고 생각했습니다. 그에게 태양은, 죽어가면서도 그 태양을 가리키기 위해 거기 서 있던 십자가보다 더 찬란했습니다."
21) 프란치스코는 1212년 여성들을 위한 수도회, 아씨시의 성 클라라 수녀 공동체를 세웠다.

그들의 작은 암컷들이 새끼를 낳을 것이라고 말했습니다. —
천사들은 너무나도 아름다운 나비들이었습니다.
모든 사물이 그를 알아보았으니까요
그리고 그로부터 번식의 능력을 얻었으니까요.

그리고 그가 죽었을 때, 이름도 없는 양 그렇게 가볍게,
그는 나뉘었습니다.[22] 그의 씨앗은 시냇물을 따라 흘러갔으며
나무들에서는 그의 씨앗이 노래를 불렀고
꽃들로부터 조용히 그를 바라다보았습니다.
그는 누워서 노래했습니다. 그리고 수녀들이 와서는
그녀들의 사랑하는 남자를 위해서 울음을 울었습니다.

오 해맑은 그, 그는 어디에서 소리를 울리고 있는가?
기다리는 가난한 사람들은, 멀지 않은 데에서,
그를, 환호하는 이, 그 젊은이를 어떻게 해야 느끼게 될까?

왜 그는 가난한 사람들의 황혼 안으로 떠오르지 않는가 —
　　　　가난의 그 위대한 저녁별은.

---

22) 여기서 성 프란치스코의 형상은 오르페우스의 형상과 융합한다.

라이너 마리아 릴케(Rainer Maria Rilke)와 클라라 베스트호프(Clara Westhoff)

옮긴이의 해설

나는 횔덜린을 공부하는 가운데 자연스럽게 릴케를 만나 그의 작품들을 읽게 되었다. 릴케가 헬링라트를 만나서 횔덜린을 깊이 알게 된 것이 1913년 이후이고, 시 「횔덜린에게」를 쓴 것이 1914년이지만, 1905년에 나온 『기도시집』에서 벌써 횔덜린과의 친화력을 생생하게 느끼게 된다. 이 번역은 그런 감동의 산물이다.

옮긴이의 해설

1899–1903년에 썼지만, 1905년에서야 비로소 발행된 『기도시집』은 『기수 크리스토프 릴케의 사랑과 죽음의 노래』와 함께 초기 작품 중 가장 영향력이 큰 작품이다. 이 시집은 "종교적 시인으로서의 릴케"라는 논쟁의 실마리를 처음 제공한 작품이기도 하다. 동시에 이 시집은 세부적으로 잘 다듬어진 그리고 신화시학적(mythopoetisch)으로 구조화된 그의 첫 번째 연작시이다. 이 두 가지의 특징이 『기도시집』를 『두이노의 비가』와 연결시키기도 한다.

생성기

3부로 구성된 『기도시집』의 제1권은 오해의 여지가 전혀 없는 「기도」(Die Gebete)라는 부제 아래 1899년 9월 20일에서 10월 14일 사이 베를린−슈마르겐도르프에서, 제2권은 1901년 9월 18일에서 25일 사이 베스터베데에서, 제3권은 1903년 4월 13일에서 20일 사이 이탈리아의 비아레지오에서 쓰여졌다. 릴케는 1905년 4월과 5월에 걸쳐 보르프스베데에서 인쇄에 넘기기 위해 전체 텍스트를 마지막으로 퇴고했고, 1905년 12월 라이프치히에 소재한 인젤 출판사를 통해 첫 저서 『기도시집』이 출판되었다.

『기도시집』의 생성사에 가장 중요한 의미를 가지는 배경은 1899
년과 1900년 봄/여름의 두 번에 걸쳐 루 안드레아스-살로메와 함
께 한 러시아 여행이다. 그는 이 시집을 그녀에게 헌정했다. 20년 넘
는 세월이 지난 후 그는 당시 "러시아가 나에게 열렸고, 나에게 형제
애와 그 안에 오로지 유대(紐帶)만이 존재하는 신의 어두움을 선사했
다."(I. Jahr에게, 1923년 2월 22일)고 썼다. 러시아 여행 이후 릴케에게 신은 항
상 "어두운" 채로 변함이 없게 된다. 『기도시집』의 "태고의" "회색
의" 신에 대한 표상은 러시아의 신앙에 대한 릴케의 체험과 추상화
(抽象化)에 의해서 각인된다. 릴케의 러시아 여행은 근대 이전으로의 여
행, 근원적인 것과 태고적인 것, 시골풍 세계의 "인간적으로 뜻을 같
이하는 동지애와 우애로운 것"으로의 성찰적 여행이었다.

『기도시집』의 생성에 깊이 관여된 또 다른 하나의 체험은 1902년 가
을부터 1903년 봄까지의 파리 체류이다. 당대 지성인이나 작가들의
문명 비판적인 시대 인식의 발원지이었던 대도시의 불안과 고통의
체험은 러시아 여행의 체험과는 반대로 시인의 눈길을 지상의 지금·
여기로 이끌었다.

릴케는 이러한 체험을 한데 용해하여 인간실존을 위한 하나의 거대
한 도전으로서 연작시 『기도시집』을 썼다.

기도서와 『기도시집』

『기도시집』이 발행되자 츠바이크(Stefan Zweig)는 "신의 탐색자"

로서의 릴케, "우리 시대 한 시인이 시도했던 가장 순수한 종교적인 고무"라는 상찬의 서평을 썼다. 그러나 서정시인이자 비평가였던 프라스캄프(Christoph Flaskamp)는 테스트의 넓은 범위에 걸친 "작의적인 기교"(Manier), "그의 신과의 연관에서 우리가 만나게 되는 터무니없는 상황"이라고 혹평했다. 이외에도 『기도시집』의 종교성를 둘러싼 서로 다른 해석들이 존재했다. 이러한 다른 해석들은 수많은 시편에서 언급되고 있는 신을 하나의 암호(Chiffre)로 이해했고, 이 암호에는 "모든 현세적인 것의 총화"가 요약되어 있다고 본 것이다. 창조주와 피조물 사이의 넘나들 수 없는 질적 차이, "창조주는 하늘에 있고 피조물은 땅에 있다"는 종교적 명제는 이 시집의 해석에서 처음부터 의문시된 것이다. 더욱이 20세기 후반에 들어 연구는 이 시집을 무엇보다도 "시쓰기에 대한 문학"으로 보고 토론을 전개한다. 드 망(Paul de Man)은 심지어 이 시집을 "공공연한 신성모독"이라고 평가하면서, 이 시들의 의미는 오로지 "기술적인 상황의 해결"에 있다고 주장한다. "신"이라는 어휘는 여기서 "화음을 만들어내는 수공업자"의 교환 가능한 언어재료로 왜소화되었다는 것이다.

릴케의 『기도시집』은 그 표제 아래 이미 이러한 논란과 그것이 초래하는 긴장을 떠안았다. 그러한 사태는 그의 본의와는 전혀 다른 결과이다. 사람들은 기도집 내지 성무일도(聖務日禱)(독일어 Stundenbuch, 라틴어 horarium, 프랑스어 livre d'heures)라는 명칭 아래 일반적으로 12세기에 생겨나서 중세 후기에 비로소 실제 확산되고 애호되었던 평신도들을 위한 라틴어 또는 각국 언어로 된 장르로 기도서를 이해한다. 주로 프랑스에서 토착화되었다. 기도서는 다양한 일과시간에서의 기도를 담고 있다. 기도서들은 제책사들에 의해서 특별히 화려하게 장정을 갖출 수 있었고, 그런 과정을 통해서 중세에 이미 종교적인 교화와 예술이 결합되었다.

종교적-교화적인 의도, 의식화(儀式化)되고 구조화된 일상생활의 질서 그리고 특별한 심미적인 조형이 가장 밀접하게 결합되어야 한다는 연상은 "기도서"라는 표제와 함께 쉽게 떠오른다. 바로 이러한 사실을 여기 『기도시집』에도 적용할 수 있다.

릴케는 편지들을 통해서 『기도시집』의 종교적-교화적인 의도를 직접 강조했다. 기도서에 대한 회상을 통한 일련의 찬양과 기도가 중요하다는 것이다.(Kippenberg에 보낸 편지, 1905년 4월 13일) 그러나 이 관점은 낭만주의 이래 반복해서 제기된 것처럼, 예술, 종교, 그리고 삶의 실천의 낡은, 이미 지나가 버린 일치에 대한 회상의 관점이다. 이러한 관점을 넘어서 릴케의 『기도시집』은 현대적 교화서이다. 그의 『기도시집』은 전적으로 성찰적이기 때문이다.

릴케는 『기도시집』의 생성을 위해서, 특히 후일 『두이노의 비가』를 위해서도 그렇게 중요한 영감의 시학을 제기한다. 영감의 시학은 오래전의, 그러나 1900년 무렵의 다른 시인들에게도 남아 있는 "예언적 시인"(poeta vates)을 떠 올리게 한다. "그때(베를린에서 『기도시집』 첫 번째 권을 쓰고 있을 때) 잠에서 깨어난 아침이나 고요에 귀를 기울이는 저녁이면, 나에게서 쏟아져 나오는, 그리고 정당한 것으로 보이는 말, 구태여 말하자면 — 나는 그것을 그렇게 생각했는데 — 기도가 나에게 일어났다. 나는 기도를 아무 생각 없이 읊조렸다. 그리고 나는 잠의 또는 시작되는 낮 동안의 미지의 일을 위해 그 기도에 나를 맡겼다."(1911년 5월 14일. Gerding에게) 그러고 나서 이러한 기도의 기록은 "내면적인 받아쓰기의 명령"을 따른다는 것이다.

릴케는 『기도시집』의 시의 형식과 쓰기가 더 이상 소박한, 일률적인 종교의식일 수 없으며, 신에 대한 "작업"으로서 "모든 예술의 욕망 자체이며, 따라서 기도와는 다른" 예술작업이라는 사실을 잘 알고 있다. 그렇기 때문에 한 대화록에서 그는 『기도시집』이 시들의 단순한 편집이 아니라, 하나의 연관을 형성하는 것"이라고 주장한다. "나의 다른 모든 책들 이상으로 이 시집은 하나의 노래이며, 어떤 시연도 그 자리에서 옮겨질 수 없는 유일무이한 시이다"(대화록. 파리 1924) 『기도시집』은 무엇보다도 릴케의 실질적으로 의미 있는 첫 서정적 문학작품이다. "고유하고 독특한" 릴케는 『신시집』과 『말테의 수기』와 같은 중기의 작품들을 통해서가 아니라 『기도시집』을 통해서 시작된 것이다.

연작 구조

『기도시집』은 릴케 자신의 견해에 따르더라도 연작(連作)으로 구도되었다. 릴케가 그렇게 중요한 연작이라는 대규모의 서정적인 형식을 선택한 것은 자신에게나 1900년 무렵의 서정시에도 처음이다. 릴케는 그가 아리스토텔레스에까지 거슬러 올라가는 예술작품의 조화, 완결성 그리고 전체성이라는 사상을 받아들이는 가운데, 연작은 시적 자아 자신이 발언을 시도하는, 자신의 "개인적인 경건성"과 자신의 가장 직접적인 신과의 관계를 통해서도 발언을 시도하는 유일한 거대 예술작품이라고 주장한다.

이러한 급진적으로 주관화된 관점에서 릴케의 종교성과 현대 예술은 어울린다. 기도와 시적 작업의 이러한 결합은 멀리 거슬러 올라가 베네딕트 교단의 "기도와 노동"(ora et labora)을 회상케 한다. 『기도시집』의 기도들은 그 자체가 지극히 주관적인 예술작품이다. 이것이 『기도시집』의 형식, 표현법과 주제설정에 대한 조건으로 보인다. 어떤 경우에도 제도적으로나 교조적으로 편향되지 않으며, 따라서 어떤 매개적인 존재도 필요 없는 종교 내지 종교성의 문제는 릴케에게는 예술이 중요하다는 이유 하나만으로 제기되는 것은 물론 아니다.

우리가 일종의 문학적인 삶의 여정을 볼 수 있는 『기도시집』의 3부 구성은 엄밀한 구조원리이다. 그것은 삶의 — 탄생에서 죽음에 이르는 — 순환과정을 환기시킨다. 이러한 관점에서 마지막 권은 앞선 권들에 대한 답변 또는 앞선 권들의 포기나 "좌초"가 아니라, 그것들의 결산이다.

연작이라는 특성은 심미적인 미세구조 역시 결정한다. 『기도시집』은 릴케에게 특징적인 시적 도구들을 풍성하게 연출한다. 두운법(頭韻法)과 모음압운(母音押韻), 많이 애용되는, 자주 복합적 접속 기능을 가진 접속사 "그리고"(und), 억지스러운 명사화와 예컨대 직유, "마치 … 와 같은"(wie) 비유들, 무리한 각운(脚韻) 등이 그것들이다. 이러한 경향으로 인해 『기도시집』은 세기 전환기의 장식적인, 청년독일파 양식(유겐트 슈틸)의 작품이기도 하다. 이러한 양식은 각 권을 연작으로 묶어 주는 최소

한의 공통 요소이다.

각 권들의 완결성과 이들 사이의 휴지를 우리는 생성사 — 각 권의 짧은 생성 기간과 이들 사이의 상대적으로 큰 시간적 거리 — 와 결부시킬 수 있다. 『기도시집』을 이루고 있는 3개의 권(卷)은 1899년, 1901년 그리고 1903년 릴케의 집중적인 창작시기에 쓰여졌다. 그리고 1905년 릴케는 이 텍스트를 퇴고했다. 이로써 이 연작시집의 생성기는 그의 초기부터 중기의 창작시기에 이르게 된다. 그 사이 그의 종교적 사유 방식이나 언어 구사 방식이 각 권에서 서로 상당한 차이를 보이고 있는 것은 사실이다. 텍스트의 진행에서 수도자의 역할이 점점 배후로 물러서고, 신과의 직접적인 소통 시도는 마지막 권에서는 죽음과 가난에 대한 성찰에 자리를 내어준다. 그렇지만 각 권들 간 모티브 상의 연계는 유지된다. 세 번째 권에 그렇게 중요한 죽음의 모티브는 이미 두 번째 권에 등장한다. 순례의 모티브는 첫 권에도 "그때 나는 순례자의 한사람으로 대성당에 들어섰습니다. /그리고 가득한 고통 속에서 /나의 이마에서 당신을 느꼈습니다."(60쪽)로 표현되고, 마지막 권에서 "거기서 나는 순례자들과 한편이 되고 싶습니다"(125쪽)로 수용되고 있다. 또한 두 번째 권의 범신론적인 어법에서는 세 번째 권의 삶과 죽음의 일원론이 이미 암시되고 있다.

제1권: 신에게로의 접근, 신비주의의 현대적 재현

여기서 러시아 수도자가 그리고 있는 신은 성서에서와는 달리 창조자로서 또는 기적을 통해서 어떤 능력도 펼치지 않는다. 그리스도 역시 신과 인간 사이의 중재자로서 아무런 역할도 하지 않는다. 여기서 노래하는 시들에서의 신은 오히려 "어두운" 그리고 "말 없는" 존재이다.

나의 신은 비밀스럽고, 말없이 수분을 빨아들이고 있는
수많은 뿌리의 얽힘과 같습니다. (10쪽)

그 때문에 수도자는 더없이 큰 주의력으로 자신의 수줍어하는 신을 찾아야만 한다. 신비주의와 범신론에 기대여 그는 신의 "말 없는 힘"(68쪽)은 원칙적으로 모든 사물에서, 모든 생성과 소멸에서 그 흔적을 느낄 수 있다고 확신한다. 그러니까 『기도시집』의 신은 기독교의 하느님과 결코 동일시될 수 없다. 그 신에게 "기독교도들은/하나도 걸리는 것이"(93쪽) 없기 때문이다. 오히려 『기도시집』의 신은 기독교적인 예배로 인해서 방해를 받는 신앙인의 완전한 고독을 요구한다. 논쟁적으로 수도자는 기독교를 1900년 무렵 유럽에 번창했던 스포츠 단체(체육 연맹)에 비유하기도 한다.

당신은 동맹 안에는 존재하지 않습니다. (107쪽)

수도자의 탐색적인 기도의 기본 원리는 그리스 정교회의 성단장식용 벽(Ikonostase)으로 설명될 수 있다. 이것은 제단과 신도석을 분리하고 제단을 문 뒤로 숨기는, 성상화로 장식된 가변식 벽이다. 이것에 유추하여 볼 때, 『기도시집』의 제1권에서의 신은 결정적인 드러냄을 기피한다.

우리는 벽(壁)들처럼 당신의 앞에 그림들을 쌓아 올립니다,
그리하여 이미 수천의 담이 당신을 에워싸고 서 있습니다. (10쪽)

수도자는 끝낼 수 없는 접근의 움직임 가운데. 기도를 통해서 파악
할 길 없는 신의 새로운 표상을 그린다.

당신은 솟아오른, 가장 깊은 신 (10쪽)

당신은 모순의 숲이십니다. (48쪽)

당신은 머뭇거리며 시간이
에워쌌던 수수께끼 같은 분 (49쪽)

어둑해지는 땅이신 당신이여 (65쪽)

릴케의 다른 연작시들에서와는 달리, 『기도시집』의 시편들은 시제
또는 일련번호 같은 것을 달고 있지 않기 때문에, 물레방아와 같은
신 불러내기의 인상을 시각적으로 야기한다.
 이러한 역설로 특징 지워지는 모든 신의 표현의 요점은 이것들이 실
존을 통해 확정된 피안의 신에 관련되어 있는 것이 아니라, 이제 형
성되는 신의 표상을 그리고 있다는 사실이다.

우리가 원치 않더라도

신은 성숙합니다. (21쪽)

 수도자의 삶에 관한 제1권은 성상화 화가의 허구를 구상한다. "나는 그것을 황금빛 바탕 위에 크게 그립니다."(1, 157) 성상화 화가는 자신의 신에 대한 규정 시도에서 자기규정을 동시에 체험한다. 신은 어떤 초월적인 힘을 가진 아버지−상(像)이 결코 아니다.

나는 신의 주위를 맴돕니다, 그 태고의 탑을,

그리고 나는 수 천 년을 돌고 또 돌 것입니다.

그리고 나는 아직 알지 못합니다, 내가 한 마리의 매인지, 하나의 폭풍인지,

또는 하나의 위대한 노래인지를.(10쪽)

 한 마리의 "매"는 활동적이고 목표 지향적이다. 하나의 "폭풍"은 무정형적이지만 힘이 넘친다. "하나의 위대한 노래" — 매와 폭풍의 마지막 상승과 증강이며, 위대한 찬가이자 감동적이며, 의미심장한 문학작품이다. 이것들은 날아오르는 운동의 세 가지 형식이며, 시적 자아의 세 가지 비유적 형상이다. 이것들은 벌써 "수천 년을" 수행해 온 시적 주체의 탈바꿈이다. 신에 대한, 모든 것을 초월하는 상대에 대한 물음에서 자신의 규정을 체험하고 있는 변신인 것이다. 이 신이 누구인지 말하는 것이 허락되지 않는다 해도, 그가 『기도시집』에서 여러 방식으로 당연히 "맴돌게" 만들 뿐이라고 하더라도, 그는 시적 주체의 자기규정 가운데 유효한 것이자 확고한 것, 항상 유효한 징

표, 좌표, "태고의 탑"이다. 전통의 유산이 느껴지기는 하지만, 전적으로 명백하게 유대교나 기독교의 창조자로서의 신이 문제시되고 있지는 않다.

신이 문제 되는 가운데, 적어도 같은 방식으로 시적 주체 자체가 문제 된다. 이러한 구조, 즉 "당신은"과 "나는"의 구조는 『기도시집』에 있어서 특징적이다. 『기도시집』의 도입부에서의 질문은 시적 자아 자체를 묻는다. "나는 아직 알지 못합니다, 내가 … 인지를"(10쪽) 이 말은 발화자가 그것을 참으로 알고 싶어 하며, 언젠가는 어쩌면 알게 될 것이라는 뜻이기도 하다. 화가 겸 수도자의 종교적 시적 발화에서 주체는 자신을 구축하고자 한다. 이를 위해서 주체는 거대한, 다 알아낼 수 없고 해명할 수 없는 신이라는 상대를 설정한다. 수도자 자체의 시점은 이때 아무런 실제적 역할을 하지 않는다. 여기서 한 수도자가 말하고 있다는 사실을 우리는 기껏해야 이 첫 번째 권의 표제에서 알 수 있을 뿐이다.

화가-수도자는 그림을 그리는 예술가일 뿐 아니라, 본래는 글을 쓰는 작가이다. "그렇지만 내 자신 안으로도 몸을 숙이는 것을 나도 알고 있습니다. 나의 신은 비밀스럽고, 수많은 뿌리들의 얽힘과도 같습니다."(10쪽) '숨겨진 신'(Deus absconditus)은 기술되어야만 하는, 이해할 수 없는 텍스트와 같다. "그리고 신은 나에게 쓰라고 명령합니다."(56쪽) 또는 "나는 당신을 이야기하고, 당신을 주시하며 서술하려고 합니다./점토나 황금이 아니라, 오로지 사과나무의 껍질로 만든 잉크를 가지고 말입니다."(64쪽)

『기도시집』의 자아 탐색과 신 탐색에서 미술과 문학은 다 같이 중요하다. 바로 시적 '작업'에서 '수신자'로서 신에 가까운 존재는 필요하다.『기도시집』의 수도자는 "말의 근원적인 뜻에서 신학자"이기도 한, 신에 대해서 말하는 한 사람이다. "당신을 위해서 시인들은 틀어박혀서/표상들을, 쏴쏴 소리를 내는, 풍요로운 표상들을 모읍니다."(87쪽) 이러한 신인지 시학(cognitio Dei poetica)의 "이미지"는 때로는 거의 집요하게 그리고 사물화로서 작용할 수 있는 하나의 독특한 구체성을 달성한다.

당신은 미래이십니다, 영원의 평원 위의
위대한 서광이십니다.
당신은 시간의 밤이 지난 뒤의 닭 울음소리,
이슬, 아침 미사 그리고 소녀,
낯선 남자, 어머니 그리고 죽음이십니다.
당신은 변하는 형상이십니다,
운명에서 언제나 고독하게 솟아올라,
환호의 소리도 그리고 비탄의 소리도 없이
그리고 야생의 숲처럼 미지의 상태로 머무십니다.

당신은 사물들의 깊은 진수(眞髓)이십니다,
자신의 본질의 마지막 말을 숨기고
상대방들에게는 항상 다르게 모습을 보이십니다.
배에게는 해안으로 그리고 육지에게는 배로 말씀입니다. (103쪽)

여기에는 한편으로 릴케에게 그렇게 중요한 변화와 변신의 모티브가 전주(前奏)되고 있다. 다른 한편으로는 온갖 조직성과 인위성에서, 이러한 역설에서 그 모티브는 예컨대 니콜라우스 폰 쿠자누스(Nicolaus von Cusanus)가 '양극의 일치'(coincidentia oppositorum)로 파악했던 것과 같은 신의 근본적인 구조 규정에 연결된다.

예술가-주체는 신과의 지치지 않는 논쟁 가운데 그 주위를 맴돌기 위해서 신이라는 상대를 필요로 한다. 릴케는 『기도시집』을 통해서 세계 내의 한 현존으로서 인간적 실존을 해석하라는 요구에 응할 뿐만 아니라, 더 나아가 우리가 '나'를 말할 때, 도대체 그것이 무엇을 뜻하는가에 대한 물음에 대한 답을 찾으려 한다. 우리가 '당신'을 말할 수 있을 때, 우리는 '나'를 말할 수 있다. 자아는 그렇기 때문에 내가 "당신과 수천 가지로 매우-마음이 상통한다는 것을"(83쪽) 안다. 지치지 않는 주관성은 거대한 신의 구성과 관련이 있다. 이것은 그렇게 진지하고 그렇게 도전적인 문제이기 때문에 러시아적인 신과 러시아적인 종교성으로의 연관을 통해서도 확실하게 규정되지 않는다.

바로 이러한 시적 과제는 시적으로 생산적이다. 이 시적 과제가 시적 발화를 새롭게 요구하기 때문이다. 우리는 『기도시집』의 이러한 신의 개념과 추구에서 『두이노의 비가』의 천사들에게 이르기까지 하나의 연장선을 그을 수 있을 것이다.

그처럼 『기도시집』에서는 자기 만족적인 심미적 예배 — '신의 더 큰 영광을 위해' — 가 중요하지 않다는 사실이 신과 시적 주체의 위상의 명백한 구도를 통해서 드러난다. 왜냐면 자아의 구성을 통해서 신 역시 끊임없이 재구성되기 때문이다. 주체의 시적 언어작업 없이는 이러한 신은 존재하지 않을 것이다. 이러한 신은 주체가 주체일 수 있기 위해서 필요로 하는 구성 요소이다. 오늘날 사람들은 이렇게 말할는지도 모른다. 차이의 체험들이 비로소 엄밀하게 자기 체험을 가능하게 한다고 말이다. 타자의 계속적인 새로운 기획은 자신의 지속적인 기획과 연계된다. 그 배경에는 예컨대 "내가 없이는 신은 살아 있지 않네/나는 내가 없이는 신이 한순간도 살 수 없음을 안다네"라고 노래한 안겔루스 실레지우스가 활동했던 바로크 시대에서 이미 전개되었던 것과 같은 일종의 신비주의적 사상이 있다. 실제로 『기도시집』의 비유나 상징언어는 특별히 성서와 신비주의 전통에서 유래한다.

나를 잃으면 당신은 당신의 의미를 잃게 됩니다. (38쪽)

신은 시적 창작 과정을 통해서 탄생한다. 이것은 인간이 신의 자식이라는 전통적인 관념을 전도시킨다. 여기서 우리는 다시 한번 신비주의의 전통을 알아차리게 된다. 그리고 동시에 이것은 현대적이다. 1900년 무렵 신비주의는 일종의 르네상스를 맞았다. 1905년 릴케도 처음으로 독일 신비주의자 마이스터 에크하르트의 텍스트에 열중했을 때, 그 자신이 "그에 대해서 아는 것이 없이 벌써 수년 전부터 이미 마이스터의 제자이자 포고자였음"에 대해서 놀라움을 나타냈다. "우리가 신을 떠나서 있을 수 없듯이 신도 우리들 현세의 인간을 몹시 필요로 할 것임이 틀림없다"고 믿으며, 횔덜린이 읊는 것처럼 "천상적인 것들/무엇인가를 필요로 한다면,/영웅들과 인간들/그리고 기타의 필멸의 존재들이다. 왜냐면 /가장 복된 자들 스스로는 아무것도 느끼지 못하기 때문이다"(시「라인강」)라고 믿는 신비주의 전통에 릴케는 서 있었던 것이다. 화가-수도자가 행하는 소박하게 연출된 친밀성도 그러한 신비주의의 현대성의 표현임에는 변함이 없다.

나는 항상 귀를 기울이고 있습니다. 작은 신호라도 보내 주십시오.
나는 아주 가까이 있습니다. (12쪽)

시적 자아는 그의 신에게 이렇게 격식을 차려서 자청하고 나선다. 반세기 넘게 지나 첼란(Paul Celan)은 그의 널리 알려진 시「테네브레」(Tenebrae)에서 똑같이 읊는다. "기도하소서, 주여,/우리에게 기도하소서/우리는 가까이 있습니다."(시집『언어의 창살』, 1959)

이처럼『기도시집』은 항상 자신에 대해서 말하고 있으며, 시적 자아의 자기표현을 추구하고 있다. "나는 나의 배경 앞에 서 있는 한 그루의 나무,/[…] 나는 두 음 사이의 정적(靜寂)입니다."(110쪽) "나는 주님의 자랑스러운 도시입니다."(50쪽) "나는 노래였고, 운(韻)이신 신"(52쪽) 자아 구성의 이러한 시도에서, 자아에 대한 이러한 물음에서 당신, 즉 신을 향한, 시적 자아를 원칙적으로 뛰어넘는 존재를 향한 물음이 전개된다.『기도시집』의 실질적인 문제는 신이 아니다. 수도자가 전적으로 범신론적으로 발화하고 있는 그 자리에서 조차도 그렇다.

나는 이 사물들의 모두에게서 당신을 발견합니다,
그것들에게 나는 착하고 한 형제와도 같습니다.

당신은 씨앗으로서 빈약한 사물들 안에서 볕을 쬐고
큰 사물들 안에서 당신은 너끈하게 몸을 맡기십니다.
그처럼 헌신하며 사물을 뚫고 가는 것은
힘들의 놀라운 유희입니다.
뿌리에서 자라고, 줄기들 안으로 수축하며
마치 부활처럼 우듬지 안으로 사라져 갑니다.(26쪽)

 자아에 대한 물음이 신에 대한 물음을 내포한다. 여기서 이미 암시
하고 있는 것처럼, 형제와 같은 관계에 대한 물음도 내포한다. 릴케
는 이러한 문제를 계속 붙든다. 그리고 이 문제는 일종의 자동사적
인 사랑이라는 개념 안에 가장 강력하고 가장 고무적인 표현을 얻는
다. 수도자가 자신의 실존의 성공을 신의 새로운 창조와 결합시키
고 있기 때문에 『기도시집』에는 예술가와 신 사이의 순환적인 의존
관계 — 신비주의의 현대성을 극명하게 증언하는 하나의 관계 — 가
성립되는 것이다.

우리가 서로를 이해하지 않는다면,
도대체 나는 누구이며 당신은 누구이겠습니까? (55쪽)

『기도시집』에는 신에의 접근과 예술적 성공, 형이상학과 메타포에지
가 서로 밀접하게 결합되어 있다. 신의 파악 불가능성은 자아의식이
강한 예술가에게는 도전으로 대두된다.

내가 많이 원한다는 것을 당신은 압니다.

어쩌면 나는 모든 것을 원하는지도 모릅니다.(19쪽)

신의 심미적 창조는 예술가의 잠재력을 확인시켜 준다, 수도자의 자화상은 이렇게 울린다.

당신을 완성시키고자 꿈꾸는 이는
그것으로 그 자신이 완성될 것입니다.(59쪽)

신의 예술적인 완성은 예술가의 자기완성을 위한 전제이다. 여기에 『기도시집』의 제1권을 특징짓는 "긍지와 겸손"의 독특한 변증법이 인상적으로 나타난다. 기도는 신을 찬미한다. 그러나 최소한 그만큼 찬미하는 자 자신을 또한 찬미한다. 신을 찾는 수도자의 구도는 신을 찾는 예술가의 구도이다.

제2권. 현세로의 관점의 이동

『기도시집』의 제2권, 「순례의 책」은 인간의 삶도 이론의 여지없는 순례라고 하는 기독교적 전통에서 유래하는 사상을 이어받고 있다. 여기에서도 릴케는 교화적으로 노래한다. 그러나 출발의 모티브가 중요하다. 「수도자의 삶의 책」이 근본적으로 신과 시적 자아의 정체성 탐색을 유일한 동인으로 삼았다면, 이제 시점은 순례로서의 지상에서의 현존이라는 오래된 사상으로 옮겨진다. 『기도시집』의 폭풍, 건

축물, 성장, 나무와 같은 첫 모티브들이 여기서 모두 되돌아오고, 길의
은유와 결합된다.

그러나 당신을 향한 길은 무섭도록 멉니다
그리고, 오랫동안 아무도 그 길을 간 적이 없어, 흔적도 없습니다.
오 당신은 고독합니다. 당신은 고독입니다,
당신은 멀리 떨어진 계곡을 향하고 있는 마음입니다.(119쪽)

여기서 이미 암시하듯이, 우리는 이 길을 역시 시학적으로 읽어도 될
것이다.
제1권의 과잉된 언어 표현은 2년 후 쓴 제2권「순례의 책」에서는 겸
손과 냉정에 길을 비켜준다. 이제는 무엇보다도 위기의 경험들을 노
래한다. 이때 러시아 수도자의 역할모델이 여전히 소환된다.

나는 수도자의 복장으로 당신 앞에 무릎을 꿇었던 바로 그 사람입니다.(78쪽)

그러나 이러한 명백한 선언은 오히려 제2권의 발언자가 결코 "동일
한 인물"이 아니라는 사실을 확인해 줄 뿐이다. 신에 대한 그의 관
계는 급진적으로 변했다. 신에 대한 이웃과 같은 근접성과 친화력은
과거의 일이다. "엄청나게 먼 당신을 향한 길", 그리고 이 거리감에서
신에 대한 관점 역시 변한다.

내가 당신을 보았던
두 눈을 내가 다시 찾게 해 달라고,

뭐라 이름할 수 없는 간청으로 당신에게
나는 얼마나 나의 절반쯤 펴진 손을 내밀었던가요.(77쪽)

제1권에서 신의 실존을 확신했던 시적 자아의 자신감은 사라졌다.

나는 당신이 더 이상 존재하지 않을까 가끔 두렵습니다.(82쪽)

제1권에서 신의 발견은 자신의 발견과 다름이 없었다. 따라서 이제
자기 소외와 신으로부터의 소외가 서로 상관관계에 놓인다.

제2권의 특징은 하나의 관점의 변화이다. 시적 자아 시점은 더 이상
신을 향하고 있지 않으며, 오히려 세속적 주변을 향한다. 제1권이 예
술 종교적인 종을 울렸다면, 이제는 선언적으로 현세의 종을 울린
다. 이를 통해서 릴케의 중기 작품의 시작을 알리고 있다.

어떤 내세에 대한 기다림도 위쪽을 바라다봄도 없으며,
죽음조차도 피하지 않으려는 바람과
봉헌하면서 현세적인 것을 수련하려는 바람만이 있습니다.
현세적인 것의 손에 더 이상 새로워지지 않기 위해서 말씀입니다.(106-107쪽)

신에 의해서 이끌려 상승하는 대신에 시적 자아는 반대의 움직임 가
운데 세속적인 대상들의 중력에 이끌린다.

그렇다면 그는 사물들로부터 배워야만 합니다.

어린아이처럼 다시 시작해야만 합니다.

[…]

날기에서 모든 새를 능가한다고

주제넘게 우쭐대었던 자,

그는 한 가지를 다시 할 수 있어야만 합니다, *추락하기*,

그리고 참을성 있게 중력 가운데 머무는 것.(95쪽)

아주 공공연하게 시는 자기 비판을 가속화한다. 시적 자아의 자화상에 해당하는 제1권에서의 "매"(Falken)대신에 여기에서는 한 글자를 바꾸는 면밀한 언어 교환을 통해서 "추락"(Fallen)이 들어선다. "추락"의 무게 격상은 후일 『두이노의 비가』, 마지막 비가의 결구에도 등장한다. 근대적인 조건 아래에서 인간이 존재한다는 것은 무엇을 말하는가? 릴케의 인간학적 미학의 이러한 중심적 질문은 『기도시집』의 가운데 장(章)인 제2권에서 처음으로 그의 글쓰기의 중심으로 옮겨진다. 이 물음은 제1권의 기도형식으로부터, 그리고 수도자라는 등장인물로부터 멀어지고 독자적인 시편으로 강하게 인식될 수 있는 텍스트를 낳는다. 시선은 전체 인간을 향하거나 개별자, 특히 변방의 고독한 외톨이를 향한다.

그의 새로운 겸손 — "나는 당신의 보잘것없은 존재들 중의 하나일 뿐입니다."(89쪽) — 은 시적 자아로 하여금 그의 당대인들에 대해 비판적인 눈길을 던지는 것을 가능하게 한다.

[…]내가 당신에게 아무도 자기 삶을 살고 있지 않다고 말한다면,

그것을 나의 오만으로 생각지 말아 주십시오.

사람들, 목소리, 토막들,

일상적인 것, 불안들, 많은 자잘한 행복들은 우연한 일들입니다.

이미 어린아이로 변장하고,―위장하여

가면으로 성인이 되어, 얼굴로서―침묵합니다.(90쪽)

위에서 인용한 "추락/하강"은 이러한 자기 소외적인 삶에서 벗어나는 탈출구를 표시해 준다. 그것은 자아가 세계의 신적인 질서 설립은 물론 자기 자신을 만나기 위해서 위임하고자 하는 그 자연법칙의 하나로서 중력을 상징한다. 제1권에서 개별적으로 개념화되었던 자아와 신의 일치성은 이제 집단화된다. 신에 맞춘 삶, 신을 따르는 삶은 더 이상 예술가의 독창력을 요구하지 않는다. 오히려 예술가의 독창력은 인간이 사회적인 인습에 이끌리지 않고, 오히려 삶의 자연적이며 근원적인 힘에 자신을 맡긴 그곳에서 생성되는 것이다.
『기도시집』은 그렇게 일종의 세계관적인 성찰 구조를 제공한다. 이 성찰 구조의 설득력 있는 이행은 1년 후 『형상 시집』의 시 「가을」(Herbst)를 통해서 이루어진다.

가을

나뭇잎이 떨어진다, 하늘나라의 먼 정원이 시들기라도 한듯

저기 아득한 곳에서 떨어진다,

그것들은 거부하는 몸짓으로 떨어진다.

[…]

우리 모두는 떨어진다. 여기 이 손도 떨어진다.

그리고 다른 것들을 보라. 떨어짐은 모든 것 안에 있다.

그러나 이 떨어짐을 한없이 부드럽게

두 손으로 받아내는 한 분이 계신다.

『기도시집』의 제2권은 이보다는 덜 시적이다. 대신에 한층 더 성찰
적이며 서술적이다. 신에의 특별한 접근의 순간들은 2개의 서사적
장시를 통해서 제시된다. 이 서사적인 시편들은 릴케의 러시아 여행
으로 거슬러 올라가며, 시점의 확대를 통해서 아웃사이더적인 인물
들을 묘사한다. 동굴에 은둔했던 한 명의 은둔 수도자, 망아적인 경
련에 몸을 맡기고 있는 간질병 환자이자 탁발수도회의 춤추는 승려
인 병든 수도자를 서술하고 있는 것이다. 이 두 편의 자체적으로 완
결된 장시들은 『기도시집』의 텍스트 간의 밀접한 연관이 확연하게
느슨해졌음을 분명히 보여준다. 이러한 사실을 가장 유명한, 짐작컨
대 그 안에서 마치 이질적인 덩어리처럼 작용하고 있는, 1900년 이전
에 이미 쓴 것으로 보이는 제2권의 한 시가 잘 보여준다.

나의 두 눈의 빛을 끄소서, 그래도 나는 당신을 알아볼 수 있습니다.

나의 두 귀를 꽉 막으소서, 그래도 나는 당신의 목소리를 들을 수 있습니다.

두 발이 없어도 나는 당신에게로 갈 수 있습니다.

입이 없어도 나는 당신을 불러낼 수 있습니다.

내 팔을 부러뜨리소서, 나는 마치 손을 가지고 하듯이

나의 가슴으로 그대를 품어 안을 것입니다.

나의 심장을 움켜쥐소서, 그러면 나의 뇌가 고동칠 것입니다.

그리고 당신이 나의 뇌 안으로 불길을 던지면,

나는 당신을 나의 피에 실어 나를 것입니다.(85쪽)

이 시는 거리 두기로 특징되는 자아와 신과의 관계에 연결된다. 그리고 세속적인 사랑의 관계에 대해서는 『기도시집』 제2권에서 어떤 실마리도 찾아볼 수 없다. 릴케가 이 시연 — 루 안드레아스-살로메의 증언에 따르면, 본래 이 시연은 그녀에게 바친 것이었다 — 을 이 시집에 넣었다는 사실은 『기도시집』이 감각적이며 현세적인 것을 향해서 얼마나 개방적이었는지를 명백하게 말해 준다.

제3권: 죽음과 가난을 통한 대도시 비판

연작 『기도시집』의 가장 짧은 제3권의 자서적인 바탕은 릴케의 1902년 가을부터 1903년 봄까지 이어진 파리 체류이다. 등장인물 러시아 수도자는 더 이상 명백하게 호명되지는 않는다. 그렇지만 『기도시집』의 소통 상황은 시적 자아가 "초대형 도시들의 그 깊은 불안"(124쪽)에 대한 보고자로서 신을 향하고 있다는 사실을 통해서 유지된다. 이와 함께 제3권은 그 표제에서 제기된 실존적인 주제들, 릴케가 그의 중기 및 후기 작품에서 눈길을 뗀 적이 없는 죽음과 가난을 통한 대도시 비판에 집중한다. 회상록에서 릴케는 이 제3권을 "기도시집의 가장 아름다운 부분"이라고 칭한 바 있다.

 시적 자아는 대도시의 인간들이 죽음을 병동으로 옮겨 맞는다는 사실에 경악한다. 이로써 죽음을 포함하는, 사실 개별적인 죽음의 과정을 삶의 본질적인 부분으로 보는 삶의 개념은 폐기된다. 릴케의 애독서의 하나였던 덴마크의 작가 야콥센(Jens Peter Jacobsen)의 소설 『마리 그럽베 부인』을 회고하는 가운데 거기에 등장하는 인간 각자의 "고유한 죽음"을 시적 자아는 간청한다.

오 주여, 저마다에게 그의 고유한 죽음을 주소서.
그가 사랑을 지녔고, 의미와 고난을 지녔던
삶에서 나오는 그의 죽음을 주소서.

우리는 다만 껍질과 잎사귀에 지나지 않기 때문입니다.
각자가 자기 안에 지니고 있는 위대한 죽음은
모든 것의 중심을 담고 있는 열매입니다. (128쪽)

이 "고유한 죽음" 역시 얼마나 고통스럽고 폭력적인지는 후일 소설 『말테의 수기』에서 시종 장 브리게를 통해서 노골적으로 상술된다. 동시에 화자는 우리가 인간으로부터 "그의" 죽음을 빼앗아서는 안된다는 사실을 확인한다. "왜냐면 이것은 죽음을 낯설게 하고 힘들게 만들기 때문에 /그 죽음은 우리의 죽음이 아니"(130쪽)여서 이다. 시적 자아는 신에게 도움을 간청한다.

강력한 보증자이신 당신이여, 신을 낳은 여인의
그 꿈을 이루어 주지 마시고
중대한 자를, 죽음을 낳은 이를 향하소서.(133쪽)

신을 낳은 마리아 대신에 "죽음을 낳은 이"라는 신화적인 자웅동체
의 형상체가 제시된다. "죽음을 낳은 이"가 종교적 상징적인 힘의 도
움을 통해서 죽음을 사회적인 중심으로 옮겨 놓아야 한다는 것이다.
릴케에 호의적인 연구에서조차, 늦게까지도 『기도시집』의 이 모델
의 문제 해결 가능성의 요구가 벅차게 되리라는" 사실에 대한 일치된
견해가 지배적이다.

　제3권의 두 번째 부분에서 찬미 되는 가난도 많은 독자들, 그 가운
데 브레히트나 벤과 같은 작가들을 납득시키지 못했다. 만일 우리가
"가난한 사람들을 마침내 다시 가난하게"(136쪽) 해 달라는 신을 향한
요구를 마르크스주의적으로 사회적 정치적인 선언으로 해석한다면,
릴케의 텍스트를 그 비판자들로부터 방어하기 어렵게 될 것이 분명
하다. 이때에는 가난을 "내면에서 나오는 위대한 광채"(139쪽)라고 노
래한 구절도 통속적인 언술로밖에 평가할 수 없게 된다.

　이와는 달리 가난을 "소유의 의미"를 전적으로 의문시하는 정신적
태도 — 법정(法頂) 스님의 '무소유'(無所有)처럼 — 로 읽게 되면, 신뢰성
에서 후광을 얻게 된다. 가난은 그럴 때 근대적인 소외 경향을 방지
하고, "자연적인 삶으로의 복귀"를 가능케 하는 반시민적, 반순응주

의적인 자유의 편이 된다. 이것은 명백하게 이제 가난한 이들에 연관된, 다시 긍정적 의미로 전환된 어두움과 깊이라는 주도 동기를 보여준다. 가난이 제약으로 생각되는 소유에 대한 반대 개념이라면, 릴케에게 가난은 전 생애에 걸쳐 하나의 심미적 의미를 가지게 된다. 실제 릴케는 무소유의 삶을 살았던 예술가였다. 가난은 예술가로서 항상 새롭게 처하게 되는 인식과 필연의 개방성을 구체화한다. 이런 의미에서 그는 「한 여자 친구를 위한 진혼곡」에서 여류화가 모더존-베커(Paula Modersohn-Becker)에게 "참된 가난"에 처해 있음을 인정한다. 그리고 1907년 아내에게 "우리는 뼈마디마다 가난한 사람이어야 한다"고 쓴다.

제3권은 중세에 가장 큰 탁발수도회의 하나로 발전한 '작은 형제회 종단'(Orden der Minderen Brüder)을 설립한 아씨시의 성 프란치스코(Franz von Assisi, 1181-1226)에 대한 찬양으로 끝을 맺는다.

『기도시집』에서 프란치스코는 자기 스스로 선택한, 개념적인 가난의 가장 걸출한 실행자로 그려진다.

오, 소유와 시간에서 벗어나
자신의 위대한 가난을 향해 그처럼 강해져서
장터에서 옷을 벗어 던지고 주교의 법복 앞에
벌거벗은 채 나타났던 이, 그는 어디에 있는가.
누구보다도 가장 친밀하고 가장 사랑하는 이,
그는 새해처럼 왔고 그처럼 살았습니다.(149쪽)

릴케는 이 시편에, 그리고 아씨시의 프란치스코에 그의 생애 마지막까지 특별히 결합되어 있음을 느꼈다. 프란치스코는 『기도시집』의 3개 권의 한 의인화로서도 읽을 수 있는 것이다. 그는 "수도자 그리고 무일푼의 가난뱅이를 한 몸에" 체현하고 있다. 또한 성 프란치스코는 릴케의 작품과 모티브의 연관에서 오르페우스, 즉 가인(歌人)으로서 존재를 증언한다. 프란치스코는 『태양의 찬가』를 쓴 시인이었고, 이러한 사실이 제3권의 마지막 아름다운 모티브의 단초이다. 그가 죽었을 때, 그는 자연의 삶이 되고, 그 삶 안으로 가볍게 들어간다.

그리고 그가 죽었을 때, 이름도 없는 양 그렇게 가볍게,
그는 나뉘었습니다. 그의 씨앗은 시냇물을 따라 흘러갔으며
나무들에서는 그의 씨앗이 노래를 불렀고
꽃들로부터 조용히 그를 바라다보았습니다.(152쪽)

가인, 즉 시인은 아씨시의 성 프란치스코를 통해서 이미 존재하는 것을 표현하도록 소명된 자로 나타난다. 성 프란치스코의 죽음의 비유를 통해서 그의 노래와 그의 육신이 대지의 사물들로 넘어 들어가는 것처럼, 사물들은 신화처럼 시인의 노래를 통해서 생성된다. 릴케는 "노래는 현존재이다"(Gesang ist Dasein)라고 『오르페우스에 바치는 소네트』의 제1부, 제3소네트에서 읊었다. 가난의 모티브는 시인을 통해서 고유한 실현에 이른다. 시인의 가난은 이러한 과제를 위한 자유의 풍요로움을 증언한다. 가난은 단순히 부유하지 않음 이상의 그 무엇이다.

나는 횔덜린을 공부하는 가운데 자연스럽게 릴케를 만나 그의 작품들을 읽게 되었다. 릴케가 헬링라트를 만나서 횔덜린을 깊이 알게 된 것이 1913년 이후이고, 시 「횔덜린에게」를 쓴 것이 1914년이지만, 1905년에 나온 『기도시집』에서 벌써 횔덜린과의 친화력을 생생하게 느끼게 된다. 이 번역은 그런 감동의 산물이다.

— 장영태

릴케 연보

그의 삶은 유소년시절 11년과 생애 마지막 5년을 제외하고 한 곳에서 1년 이상을 계속해서 머문 적이 없는 노마드의 삶이었다. 그의 여정은 뮌헨, 베를린을 시작으로 보르프스베데, 러시아의 상트 페테르부르크, 프랑스의 파리는 물론 이탈리아와 북아프리카의 여러 도시에까지 이른다. 특히 루 안드레아스—살로메와 함께 한두 차례에 걸친 러시아 여행과 로댕의 비서로 머물렀던 파리 체류 경험은 그의 문학에 깊이 각인되었다. 릴케는 이러한 체험과 함께 타고난 섬세한 감수성과 직관력을 바탕으로 삶의 본질적이며 실존적인 문제인 죽음과 사랑, 그리고 고독과 신을 깊이 파헤친 많은 작품을 썼다.

릴케 연보

1875년	12월 4일: 르네 카르 빌헬름 요한 요셉 마리아 릴케, 프라하에서 태어나다. 그의 아버지 요셉 릴케(1838-1906)는 철도 역무원으로 일했고, 어머니 조피 릴케(1851-1931)는 가정주부였다.
1882년	프라하 피아리스트 수도회 소속의 독일인 초등학교 입학.
1884년	부모의 이혼. 릴케는 어머니 집에 머물러 양육.
1886년	9월 1일: 장크트 푈텐 육군 초급 실업학교에 입학.
1890년	9월1일: 뫼리쉬-바이스키르헨 소재의 육군 고등 실업학교로 진학. 12월 6일: 병 때문에 휴학.
1891년	6월 3일: 군사학교 자퇴, 프라하로 돌아 감. 9월 10일: 릴케의 시 「흔적」(Die Schleppe), 빈에서 발간되는 「흥미로운 신문」에 릴케의 첫 발표 작품으로 실림. 9월 중순: 1년 과정의 린츠 상과전문대학에 입학.
1892년	5월 : 린츠 상과전문대학 중퇴. 가을부터 프라하에서 대학입학 자격시험을 위해 자습 시작, 공증인이었던 백부 야로슬라프 폰 릴케의 경제적 지원을 받음.
1893년	프라하에서 발행되는 『독일 석간신문』 등 잡지, 신문의 편집에 참여.

발레리 폰 다비트-론펠트와 교제.(1895년 가을까지)

1894년　　시집『삶과 노래』자비(自費) 출판.

1895년　　7월 9일:프라하 그라벤 김나지움에서 외래 학생 신분
　　　　　으로 대학입학 자격시험에 응시.
　　　　　가을: 프라하 카를 페르디난트 대학에서 예술 및 문학
　　　　　사와 철학 공부를 시작.
　　　　　시집『가신에 바치는 제물』발간.

1896년　　대학 전공을 법학으로 바꿈.
　　　　　9월 말: 뮌헨으로 이주. 예술사 관련 강의 청강. 뮌헨의
　　　　　문학 및 문화계의 많은 인물들과 교제.
　　　　　다수의 잡지 발행. 첫『그리스도-비전들』(사후 발행) 씀.
　　　　　팜플렛형 잡지『치커리』, 시집『꿈의 왕관을 쓰고』발행.

1897년　　3월 28일―31일: 첫 번째 베네치아 방문
　　　　　5월 12일: 뮌헨에서 루 안드레아스-살로메와의 첫
　　　　　만남, 약 4년간의 연인 관계와 평생에 걸친 우정 관
　　　　　계의 시작. 그녀의 권유에 따라 르네라는 이름을 라
　　　　　이너로 바꿈. 6월 그녀가 사는 뮌헨 근교의 볼프라츠하
　　　　　우젠으로 이사. 함께 이탈리아 르네상스를 공부함. 10
　　　　　월부터 두 사람은 베를린에 거주.
　　　　　여러 편의 드라마 씀. 프라하에서「첫서리를 맞으며」
　　　　　상연됨. 시집『강림절』발행.

1898년　　3월 5일: 프라하의 독일 아마추어 연맹에서「현대 서정
　　　　　시」강연
　　　　　4/5월: 이탈리아 피렌체와 비아레조에 체류.『피렌체
　　　　　일기』집필. 피렌체에서 보르프스베데의 예술가 하인
　　　　　리히 포겔러와의 첫 만남.

188

6월 초: 루 안드레아스-살로메와 함께 단찌히 근교 조 포르 체류.

7월 말: 루 살로메와 함께 베를린-슈마르겐도르프로 이주.

육필 시집『그대의 축제를 위하여』탈고, 드라마「백의의 후작부인」첫 판본 탈고.

브레멘의 하인리히 포겔러의 집에서 성탄절을 보냄. 보르프스베데 첫 방문.

단편집『삶을 따라서』출간

1899년   예술사 연구를 위해서 베를린 대학에 등록, 게오르크 지멜의 강의 등 수강.

아르코, 빈 그리고 프라하 체류

4월 25일―6월 18일: 루 안드레아스-살로메와 그녀의 남편 프리드리히 카를 안드레아스와 함께 첫 번째 러시아 여행. 작가 톨스토이와 화가 레오니드 파스테르나크를 사귐

6월 말―9월 말: 루 안드레아스-살로메와 함께 마이닝겐 근교의 비브라스베르크에서 러시아어 공부

가을: 베를린에서『기도시집』, 제1권,『기수 크리스토프 릴케의 사랑과 죽음의 노래』첫 초고와『사랑하는 신의 이야기』집필

시집『나의 축제를 위하여』와 산문집『두 편의 프라하 이야기』출간

1900년   2월: 체홉의 드라마「갈매기」번역(원고 전해지지 않음)

5월 7일-8월 22일:루 안드레아스-살로메와 함께 두 번째 러시아 여행. 관계에 균열이 나타남.

8월 27일-10월 5일:화가들의 마을 보르프스베데에 체류. 릴케, 여류화가 파울라 베커와 후일 아내가 된

여류조각가 클라라 베스트호프와 교제함. 서둘러
베를린으로 돌아감.
드라마 「백의의 후작부인」, 단편 소설집 『사랑하는 신
이야기』 출간

1901년   2월 26일: 1903년까지 지속된 루 안드레아스-살로메
와 접촉 금지 시작.
3월 11일: 카톨릭 교회에서 탈퇴
4월 27/28일: 브레멘에서 클라라 베스트호프와 호적법
과 교회법에 따른 결혼
5월:드레스덴의 요양원 '하얀 사슴'으로 신혼여행
5월 말: 보르프스베데 인근 베스터베데의 한 농가로 이주
10월 초: 릴케 모친의 방문, 그의 모친과 장인 장모와
처음이자 마지막 만남
『기도시집』제2권, 『형상시집』첫 판본 탈고. 12월 20일,
1900년에 쓴 드라마 「일상」(日常)이 베를린에서 상연됨.
12월 12일: 딸 루트 출생.
소설집 『마지막 사람들』 출간.

1902년   경제적 곤란에 봉착. 지원과 일자리를 요청하는 많은
편지 씀.
2월 15일: 브레멘 예술회관의 재개장을 맞아 릴케의 연
출 아래 모리스 메테르 링크의 드라마 「베아트릭스 수
녀의 전설」상연.
5월: 보르프스베데 화가들의 전기 집필 의뢰받음. 로댕
연구서 집필 의뢰 받음, 이를 위해서 브레멘에서 프랑
스어 강습.
8월 28일: 파리로 이주, 릴케의 아내는 10월 합류.
9월 1일: 오귀스트 로댕 첫 방문. 11월과 12월『로댕
론』집필.

드라마 「일상」, 『형상시집』(첫 판본) 출간.

1903년   3월 22일-4월 28일:비아레지오에서 『기도시집』 제3권
          집필, 이후 파리로 향함.
          7월/8월:보르프스베데, 브레멘 체류.
          9월 10일-1904년 6월: 아내 클라라와 함께 로마 체류.
          『보르프스베데』(미술연구서), 『오귀스트 로댕 론』 출간.

1904년   2월: 소설 『말테의 수기』 집필 개시.
          6월 24일-12월 9일: 엘렌 케이 여사의 주선으로 코펜
          하겐과 스웨덴 여행.
          12월 중순에서 2월 말까지 브레멘에서 가족과 함께 보냄.
          한 잡지를 통해서 「기수 크리스토프 릴케의 사랑과 죽
          음의 노래」 발표.

1905년   3월 1일-4월 19일: 클라라 릴케와 함께 드레스덴의 요
          양원에 머뭄, 그후 베를린과 보르프스베데에 체류.
          6월 13일-24일: 1901년 헤어진 후 루 안드레아스-살
          로메와 첫 재회(괴팅겐)
          7월 28-9월 9일: 슈베린의 루이제 백작부인의 초청으
          로 프리델하우젠 성에 머뭄, 여기서 클라라 릴케가 남
          편의 두 번째 두상 제작함.
          9월 12일-1906년 5월: 로댕의 비서로 파리 근교의 뫼
          동에 기거하면서 집필 활동, 로댕 강연 원고 씀.
          10월 23일: 드레스덴에서 650명의 청중을 대상으로 로
          댕 강연. 이후 1907년까지 베를린, 프라하, 빈 등 8개
          지역에서 강연 이어 감.
          『기도시집』 출간.

1906년   3월 2일: 베를린에서 작품 첫 공개 낭독회.

3월 14일: 부친 사망, 프라하로 방문.
5월 10일: 로댕의 릴케에 대한 해고 통보.
봄: 파리에서 화가 파울라 모더존—베커와 여러 차례 만남, 이때 그녀가 릴케—초상화 그림.
여름: 아내와 딸과 함께 벨지움에 체류.
12월 4일–1907년 5월 20일:카프리 섬에 체류.
『기도시집』제2판, 『기수 크리스토프 릴케의 사랑과 죽음의 노래』(서적형태 초판) 출간.

1907년   5월 31일–10월 30일: 파리
10월 6일–22일: 파리, 폴 세잔 회고전. 릴케 거의 매일 관람
로댕과 화해.
10월/11월: 프라하, 빈 등지로의 로댕 강연 등 강연 여행.
11월 19일–30일: 미미 로마넬리(베네치아의 여자친구)와 교제.
12월 초에서 1908년 2월 18일:브레멘에서 가족과 함께 보냄.
『신시집』 출간.

1908년   2월:베를린, 뮌헨, 로마 그리고 나폴리 체류.
2월 29일–4월 18일: 카프리 섬 체류.
5월 1일: 나폴리, 로마 체류 후 중단없이 1년간 파리 체류.
『신시집, 제2부』 출간.

1909년   5월 22일–30일/9월 22일–10월 8일: 남불 프로방스 지방으로 여행.
9월 1일–17일: 슈바르츠발트 내 바트 리폴트자우에서 휴양.
12월 13일: 마리 폰 투른 운트 탁시스 후작 부인과의 첫

만남.

『초기 시들』, 『어느 여자 친구을 위한 진혼곡』, 『볼프 그라프 폰 칼크로이트를 위한 진혼곡』 출간.

1910년   1월 12일-31일: 라이프치히 체류, 『말테의 수기』 최종 편집, 릴케가 이 소설을 인젤 출판사의 한 여비서에게 구술함.

2월에서 5월까지: 예나, 베를린, 바이마르, 로마에 이어 마리 폰 투른 운트 탁시스 후작부인의 초청으로 보헤미아의 라우친 성과 아드리아 해안의 두이노 성에 체류.

5월 12일부터 파리 체류.

7월 9일-8월 11일: 브레멘에서 가족과 마지막으로 함께 체류.

8월 23일-9월 12일: 나데르니 폰 보르틴 자매의 초대로 보헤미아의 야노비츠 성에 체류.

10월 30일-11월 18일: 파리.

11월 19일-1911년 3월 29일: 예니 올터스도르프의 초대로 북아프리카 여행.(알제리, 튀니지, 카이로, 룩소르, 아스완 등)

1911년   4월 6일-7월 19일:파리 (단기간의 타지 체류를 포함하여) 체류.

6월 말: 오랫동안 릴케의 후원을 받은 여성 노동자 마르테 헤네베르트와 첫 만남.

7월 23일-8월 4일: 라우친 성, 그 후 뮌헨과 파리 체류.

9월 30일: 우정관계를 맺고 있었던 아내의 원에 따라서, 부부는 이혼을 시도, 이 이혼은 형식상의 결함으로 인해서 1912년(그리고 1914년에도) 성립되지 않음.

10월 12일-21일: 투른 운트 탁시스 후작 부인의 운전기사와 함께(그녀는 동반하지 않은 채) 남 프랑스와 상부 이탈리아를 거쳐 두이노 성까지 자동차 여행

10월 22일-1912년 5월 9일: 두이노 성에 체류, 첫『두이노의 비가』, 연작시『마리아의 생애』집필.

1912년   5월 9일-9월 11일: 베네치아.
9월 11일-10월 9일: 두이노 성, 그후 뮌헨.
11월 1일-1913년 2월 24일: 스페인 여행(특히 론다).
『스페인 삼부작』집필.
인젤 출판사의 인젤 문고 제1권으로『기수 크리스토프 릴케의 사랑과 죽음의 노래』재발간, 릴케의 가장 많이 판매된 작품 기록.

1913년   2월 25일-6월 6일: 파리.
6월 6일-10월 17일: 오스트제와 뮌헨 사이의 독일 지역을 옮겨가며 거주.
9월 7/8일:루 살로메와 함께 뮌헨에서 열린 정신분석 학회에 참가. 지그문트 프로이트 만남.
10월 18일-1914년 2월 25일: 파리 체류.
『마리아의 생애』출간.

1914년   1월 26일:여류 피아니스트 마그다 폰 하팅베르크(벤베누타)와 사랑의 편지 교환 시작
2월 26일-3월 10일: 베를린에서 하팅베르크와의 첫 만남, 그후 뮌헨, 파리, 두이노로의 동반여행, 5월 초 베네치아에서 작별.
5월 9일-23일: 아씨시.
5월 26일-7월 19일: 파리.
7월 28일: 여행중 라이프치히에서 제1차 세계대전을 맞음. 파리에 남겨두었던 자질구레한 소유물은 밀린 집세 때문에 1915년 4월 경매에 부쳐짐 1914년 8월 1일부터 1919년 6월 11일까지 호텔, 기숙사, 민가를 전전하

며 뮌헨에 체류.

9월 17일: 여류화가 루 알베르-라사르를 알게 됨, 릴케는 1916년까지 그녀와 친밀한 관계를 유지함.

9월 20일: 릴케 익명의 인사로부터 2만 크로네를 선물로 받음.(익명의 인사는 루트비히 비트겐슈타인으로 밝혀짐)

1915년   뮌헨에서의 전쟁기간 동안, 릴케 수많은 독회와 강연회 참석, 특히 노르베르트 폰 헬링라트의 횔덜린 독회, 알프레트 슐러의 강연

6월 14일-10월 11일:헤르타 쾨니히 여사 집에 홀로 기거함, 그 집에는 수많은 피카소의 그림이 걸려 있었음.

여름, 화가 파울 클레가 약 60점의 자기 작품을 릴케가 감상토록 그에게 맡김

11월 24일: 징병검사에서 현역 복무 적격자로 판정받음. 종전까지 작품 거의 쓰지 못함.

12월 12일: 징병 소집을 피하고자 빈으로 감.

1916년   1월 4일: 기초 훈련을 위해 소집 당함. 1월 27일부터 빈의 전쟁기록보존소에서 근무.

6월 9일: 징집해제, 뮌헨으로 귀환.

7월 18일-12월 9일: 베스트팔렌의 헤르타 쾨니히의 장원(莊園) 뵈켈에서 체류 후 베를린을 향한 독일 마지막 여행.

1918년   인젤 출판사의 문학 고문으로 활동. 주로 번역 활동.

11월부터: 릴케 뮌헨의 혁명 운동에 관심을 두고, 다수의 정치적 행사에 참석. 나중에 시인 이반 골의 부인이 된 클레르 슈투더와 교제 시작.

1919년   6월 11일: 릴케가 생애의 끝까지 머물게 되는 스위스로 강연 여행 출발

솔리오와 로카르노에서 상당히 긴 기간 체류.

6월: 여류화가 발라디네 클로소프스카(릴케에 의해서 메를리네라 불림)와 수년에 걸친 연인관계 시작.

11월: 난니 분델리-폴카르트와의 우정관계 시작.

1920년　3월 3일-5월 17일: 도리 폰 데어 뮐스의 초청으로 바젤 근교의 쇤넨 장원에 체류.

6월 11일-7월 13일: 베네치아

10월 23일-29일: 파리

11월 12일-1921년 5월 10일: 취리히 주의 베르크 암 이르헬 성에 체류. 연작시 『C.W. 백작의 유고에서』 집필, 이에 균형을 맞춘 산문 「유언장」 집필.

1921년　7월 26일 바로 얼마 전에 발견된 발리스 지방 시에르 근처의 비어 있는 뮈조트성에 입주. 처음의 임차료와 1922년 매입 비용은 빈터투어의 기업인이자 난니 분델리-폴카르트의 인척인 베르너 라인하르트가 지불함. 릴케는 1923년 6월 1일까지 거의 줄곧 뮈조트 성에 머묾.

1922년　2월: 『오르페우스에게 바치는 소네트』 집필. 『두이노의 비가』 탈고. 「젊은 노동자의 편지」 집필.

겨울: 폴 발레리의 많은 시작품 번역.(그와는 1921년 이래 접촉이 있어 왔음)

1923년　6월 1일-8월 21일: 스위스 여러 곳 여행.

8월 22일-9월 22일: 피어발트슈테터 호수의 쇠네크 요양소, 그후 스위스 여행.

10월 26일-11월 20일: 발라디네 클로소프스카와 뮈조트 성에서 함께 보냄.

12월 28일-1924년 1월 20일: 쥬네브 호수 근처의 발-몽 요양소에 처음 입소 체류함.
『두이노의 비가』, 『오르페우스에 바치는 소네트』 출간.

1924년   프랑스어로 많은 시를 씀. 그 가운데는 연작시 「과수원」, 「발레를 위한 사행시」가 있음.
2월 2일: 외손녀 크리스티네 출생, 릴케는 생전 만나 보지 못함.
6월 2일: 엘리카 미터러 양과 시로 쓴 사랑의 편지 왕래를 위한 첫 시를 씀. 릴케의 마지막 편지는 1926년 8월 24일자 편지임.
6월 28일-7월 23일: 바트 라가츠에서 요양차 체류. 그 후 마이렌과 뮈조트 성에 체류.
11월 24일-1925년 1월 7일: 발-몽에서 두 번째 요양 체류.

1925년   1월 7일-8월 18일: 파리에서의 마지막 체류, 이후 뮈조트 성과 베른
『말테의 수기』 프랑스어 번역자인 모리스 베츠와 프랑스어로 된 시 공동작업. 인젤 출판사에서 독자적인 작품집 발간 준비.
9월 16일-30일: 바트 라가츠에서 요양차 체류.
10월 27일: 릴케 자신의 유언장을 써서 난니 분더리-폴카르트에게 보냄
12월 20일-1926년 5월31일: 짧은 중단을 제외하고 발-몽 요양소에 계속 체류.
폴 발레리 등이 발간하는 잡지에 릴케의 프랑스어 시들이 처음 실림.

1926년   5월3일: 러시아 여류시인 마리나 츠베타예바와 시학적

서신 교환 시작.

7월 20일–8월 20일: 처음에는 마리 폰 투른 운트 탁시스와 함께 바트 라가츠에서 요양 체류.

8월 30일–9월 20일: 우시–로잔의 리하르트 바인잉거의 초대로 그곳 호텔에 체류. 이집트의 릴케 독자 니메트 엘루이 베이와 담소. 9월 13일: 안티에서 폴 발레리와 해후, 마지막 프랑스어 시들 씀.

베를린 예술 아카데미의 회원이 되라는 막스 리버만의 권유를 거절함.

11월 30일부터: 발–몽 요양소에 중환자로 입소. 급성 백혈병이라는 진단은 릴케의 원에 따라서 공표되지 않았음.

12월 29일: 릴케 세상을 떠남.

프랑스어 시 「과수원」, 「발레를 위한 사행시」 출간.

1927년   1월 2일: 라론의 산상 교회에 안장됨.

기도시집
Das Stunden-Buch

초판 1쇄 인쇄 2024년11월 07일
초판 1쇄 발행 2024년11월 11일

지은이 | 라이너 마리아 릴케
옮긴이 | 장영태
펴낸이 | 임용호
펴낸곳 | 도서출판 종문화사

표지 · 본문디자인 Design haebut
영업 | 이동호 이사
인쇄 | 천일문화사
제본 | 영글문화사

출판등록 1997년 4월 1일 제22-392
주소 서울시 은평구 연서로 34길2 3층
전화 (02)735-6891 | 팩스 (02)735-6892
E-mail jongmhs@naver.com

ⓒ 2024, Jong Munhwasa printed in Korea
ISBN 979-11-89871-83-9-03850
값 18,000원